du, alice

simone scharbert

du, alice

eine anrufung

edition AZUR

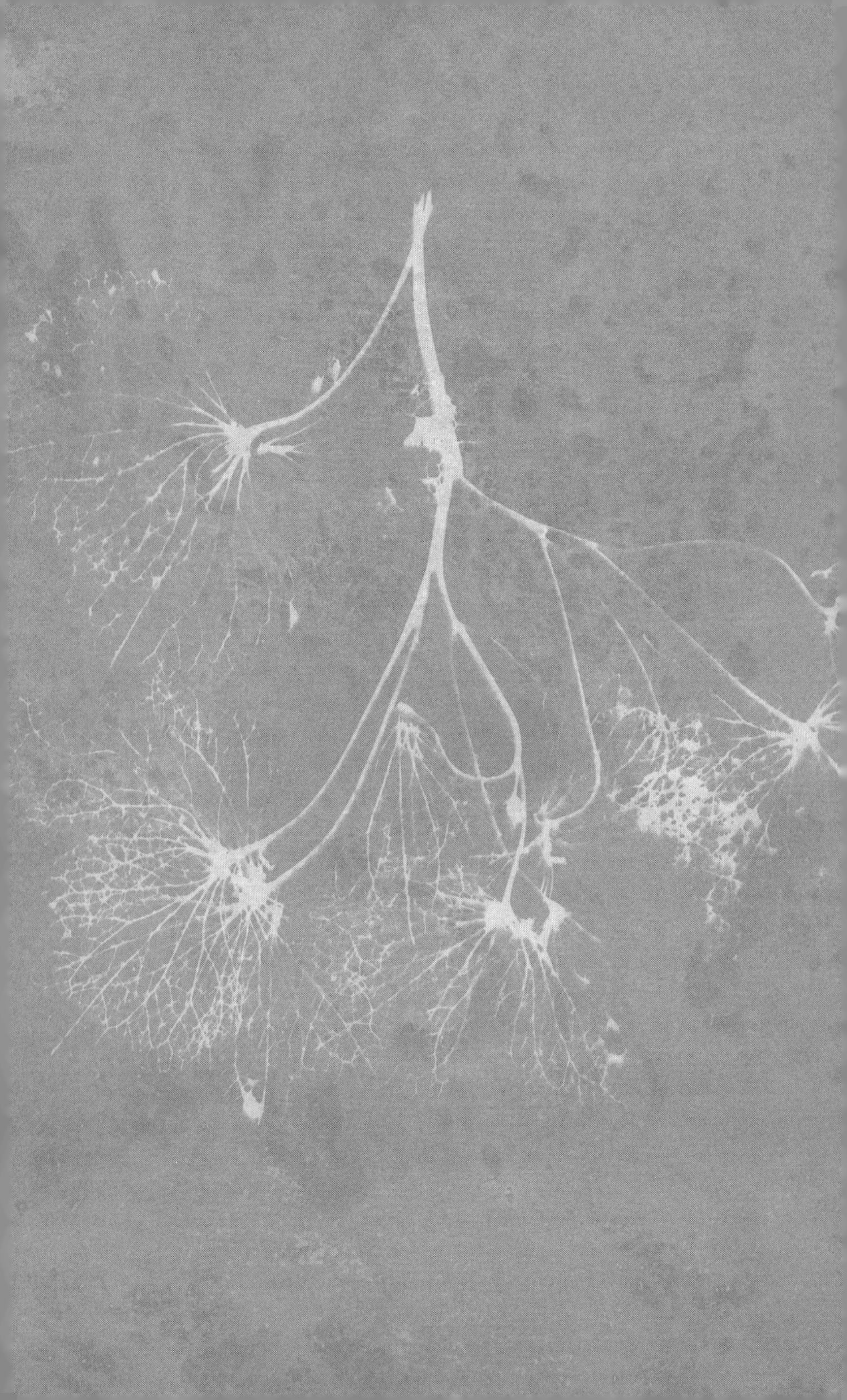

»don’t think of me simply as a creature
who might have been something else,
had neurotic science been born.«

PROLOG

das bett kennst du von klein auf. kennst seine größe, seine maße genau. nichts ändert sich. seit jahren. werden die abstände zum rand geringer, das bett selbst aber bleibt gleich. bleibt bezugsgröße, bleibt fixpunkt, bleibt. nach innen, nach außen. dein bett ist dein raum, ist dein zimmer, dein bett ist jetzt alles. die tür findet sich am fußende. schließt du die augen, schließt du die tür. fenster gibt es keine. erstmal. so denkst du dir. auch, wenn stimmen an deinem bett zu hören sind, bleiben deine augen geschlossen, deine tür bleibt zu, niemand kann jetzt zu dir. du bist allein. inmitten der anderen. so denkst du, immer weiter, im inneren deines bettes. bist du jetzt angelangt, stimmen verschwinden in deinen ohren, aber da ist nichts zu hören, was soll auch zu hören sein, an so einem tag, der ohne uhrzeit, ohne rhythmus ist, wie alle anderen tage auch, was soll man dir mitteilen, es gibt nichts mitzuteilen, es gibt nichts zu teilen mit dir, weder gegenwart noch zukunft, in deinem bett folgt die welt ihren eigenen regeln, so denkst du, denkst du dir, immer weiter.

den raum kennst du wie das bett. er ist länger als breit, das ist eine frage der perspektive. wie so vieles. für dich aber gibt es nur eine, die immergleiche, es sei denn, du unternimmst große anstrengungen. körperlicher art. zwei fenster gibt es, zwei türen. vielleicht. vier wände, eine decke, einen boden und einen teppich. dein bett gibt es. einen schrank gibt es, einen tisch, einen stuhl. und ja, bilder gibt es. in großen, mächtigen rahmen, die abends schatten aufs vermalte öl werfen. lichtspuren setzen. sodass strukturen hervortreten, landschaften entstehen. in deinem kopf. verschwimmen, bis du sie nicht mehr fassen kannst. du suchst fluchtpunkte außerhalb deines bettes, außerhalb des raumes, legst sie mit den augen fest: es ist deine jahrelange übung, maß nehmen in einem raum, der jeden tag derselbe.

manche verbringst du im liegen. dann, wenn dein kopf nach innen aufreißt, kein gedanke mehr zu fassen ist, alles eine rasanz bekommt, die ihren anfang hinter deinen augen nimmt, genau da, wo dieses großes loch entsteht, wenn dein kopf nach innen aufreißt. dieses loch, das nur du siehst, das nur du spürst, und diese große angst in dir, dass deine augen diesen ort preisgeben, jemand direkt in dieses loch hineinschauen kann, dorthin, wo deine sprache ihren anfang und auch ihr ende nimmt, wo deine zunge, dein mund und deine stimmbänder keine rolle mehr spielen. und du die augen schließt, um vaters blicken zu entkommen, ganz in diesem dunkel verschwinden zu können, in dieser sprachlosigkeit, so stellst du es dir zumindest vor, den körper an diesem ort leicht und unsichtbar werden zu lassen, hier auf diesem laken unter dir, das immer zu glatt, immer zu straff, immer zu weiß ist, und du stets in der angst, einen fleck, eine falte, spuren deiner anwesenheit zu hinterlassen.

du weißt nicht, wann es beginnt. es ist einfach da. du weißt nicht, was es ist; was es mit dir macht, das weißt du, hast aber kein wort dafür. in keiner der sprachen, die du lernst, findest du diesen zustand benannt, so sehr du auch suchst, nach einer bezeichnung, nach einem etikett, aber da ist nichts, nichts ist zu finden. und menschen gehen aus und ein, stehen an deinem bett, prüfen die temperatur deines körpers, dein armgelenk in fremden händen, und lippen, die lautlos zählen, wechselnde fischmäuler über dir, jedes zählt anders, vielleicht variiert dein pulsschlag, wer weiß das schon, und dazwischen kaltes metall auf deiner haut, eine membran, die deinen atem prüft, und hände, die bänder lösen, dein fein gemustertes leinenhemd öffnen, deine haut entblößen, und dieser druck der membran, die deinen körper nach außen hörbar macht, töne durch diesen trichter schickt, an dessen anderem ende ein fremdes ohr lauert, nach unregelmäßigkeiten, nach höhen und tiefen sucht. die angst zieht deinen körper nach innen, erzeugt in dir einen unterdruck, nimmt dir den atem.

manchmal lässt du das bett verschwinden. richtest den raum anders ein, nimmst bilder von der wand, setzt wände um, baust treppen ein. ein imaginäres puppenhaus, das aus oder in dir entsteht, ein offener ort aus fenstern, aus türen, die sich leicht öffnen und wieder schließen lassen, von einer stimme, einem ton nur, ein raum aus licht, und menschen, die kommen und gehen, mit leichten schritten. in deinen händen leuchtet ein sonnenschirm, eine weiß gespannte spitze im tag, durch ihn fällt ein lichtes muster auf dich, taucht deine füße in helligkeit, so etwas glänzendes am ende deines körpers. während deine eigene haut, die aus den decken lugt, sich fremd anfühlt, dir angst macht: dann, wenn du dir selbst abhanden kommst, nicht weißt, wohin mit dir, fenster und türen sich von allein schließen und diese dunkelheit, die du schon so gut kennst, wieder einzug hält. du sammelst die bilder deiner albträume, ordnest sie in gedanken zu ausstellungen an. räume, die dich auffressen, einsaugen. dunkelareale ohne anfang, ohne ende. mal kriechen sie am fußende in deine haut, mal ziehen sie durch deine haarspitzen ein, bis dich endlich die erschöpfung erlöst, dich in farblosen schlaf fallen lässt.

die krankheit wohnt in dir. ohne eine weitere bezeichnung. erstmal. einen namen bekommt sie erst am ende deines jahrhunderts. zu spät für dich. in den augen aller anderen bist du merkwürdig, ein seltsames kind. unterkühlt nennt man dich, ein wort, mit dem du wenig anfangen kannst, das dich kritisch beäugt, dich verunsichert. dabei brauchst du schutz zwischen all den männern, zwischen vater und brüdern, denen du ein anhängsel bist, eine kapriole, ein kleines dekor im tag. eine andere rolle gibt es nicht. ob das mit der krankheit oder deiner mutter, mit deiner tante oder den wechselnden gouvernanten zu tun hat, das weißt du noch nicht. begreifst du erst zu einem zeitpunkt, an dem deine perspektive immer noch dieselbe, die krankheit aber ausgereift und greifbar ist, ein fester rahmen, der wie das bett bezugsgröße wird, fixpunkt für dein denken, für die bewegungen deiner hand, wenn sie schreibt.

die erste diagnose verstehst du nicht, kannst du nicht verstehen. männer in weißen kitteln raunen sie sich zu, während sie dich durch ihre brillengläser inspizieren. dein alter ist dir abhandengekommen, es gibt kein maß, keine ordnung, in die du passen würdest. du wächst auf innerhalb deines rahmens, in deinem bett, nimmst den ausdruck von sorge wahr, der sich in die blicke deiner brüder schleicht. die risse in deinem inneren sieht niemand, da bist du sicher, das ist dein größter wunsch, aber auch deine größte angst. und so liegst du in diesem bett, saugst einen blick nach dem anderen ein, all das wird nicht ohne folgen bleiben, aber du kannst noch nicht raus aus dir, kannst nur abwarten, deinen körper gegen den einer anderen tauschen: ein gedankenspiel, das dich immer wieder über den tag rettet.

dein zustand wirkt zunächst harmlos. leichtes fieber, blasse haut, eine schwäche, die dich manchmal am gehen hindert. über dir, immer wieder, deines vaters augen, sein prüfender blick, stechend, analytisch: du bist material, in das man bohren darf, bis man auf grund stößt, deine seele eine gespannte feder, so fühlt sich das an, für dich. von außen ist davon nichts zu sehen, da ist nur ein kind, ein mädchen, das in seinem bett liegt, zu blass vielleicht, zu ernst für dieses alter, mit diesem starren blick, einer glaskugel ähnlich, die äußeres nur reflektiert, die welt in sich verkehrt und dreht, immer weiter dreht. und dann hörst du es das erste mal aus dem mund deines vaters, das wort, das sich in deinem körper einnisten wird, auch in deinem hirn: *hysteria.*

immer geschieht es ohne ankündigung, auch das lernst du erst später. dass die zusammenbrüche etwas mit unmäßiger erregung deiner nerven zu tun haben, wird dir erklärt, von vater, von mutter. tage ohne bewegung, so lautet deine therapie, von ärzten an deinem bett verordnet, und immer dieser gleiche satz, dass du ruhe brauchst, dich nicht erregen darfst. in diesen worten eine schuldzuweisung, die sich dir einprägt, tief ins weiße deiner haut. dass du dich nicht im griff hast. als ob du ein schlechter mensch wärst. du hält diesen vorwurf nur schwer aus. und dein kopf ist übervoll von den vielen fragen, die du nicht stellst, weil sich das in deinem alter nicht gehört, schon gar nicht als mädchen, nein, für fragen bleibt kein raum. stattdessen schnürt man dir band für band um den körper. ein mieder, das dich in deiner elenden ruhe festzurrt, und während deine brüder ihre schulen beenden, zu studieren beginnen und euren vater mit ihrem wissen zu beeindrucken suchen, liegt du im bett. bist ausgeliefert. ein abschneiden von der welt, ein abgenabeltwerden von allem, bevor überhaupt etwas angefangen hat.

1854

orte nimmst du nur als übergang wahr, immer steckt abschied in ihnen. hinter vater, mutter und brüdern erklimmst du treppen. stufe für stufe kletterst du in richtung neuer räume, die dich mit glänzenden böden empfangen, deinem gang wechselnden klang verleihen, so leise du auch zu gehen versuchst. augen und ohren, der mund, alles ist aufgerissen an dir. du atmest andere luft, hörst fremde sprachen, fürchtest, dass all das keinen platz in dir finden wird. kinder in deinem alter sammeln souvenirs, verstauen blätter, murmeln oder steine heimlich in ihren taschen. du lässt treppengeländer durch die innenflächen deiner hand gleiten, spürst glatt geschliffenes holz, die kühle einer italienischen wärme, eines englischen grau, musterst deckengemälde, zeichnest innere bilder der räume, neue ausstellungen entstehen in dir.

ein stempel nach dem anderen auf ausweis und koffern zeugt von ihrem dasein. beliebig tauschst du boston gegen london, london gegen paris, es spielt keine rolle, wo du bist, die sprachen gehen dir leicht über die lippen, mit dir aber wird wenig gesprochen, egal in welcher sprache, nur belangloses, das nicht zählt. ein gedanke, ein satz nach dem anderen verkümmert in deinem hirn, worte vertrocknen dir auf dem gaumen, bilden eine spröde schicht, setzen sich fest, verkrusten deine stimmbänder, das schlucken fällt dir schwer, und etwas bäumt sich auf in deinem inneren, mal im magen, mal im hirn. in dir wächst die wut darüber, nicht aus dem haus, nicht in die schule gehen zu dürfen, deine verzweiflung, nicht lernen, nicht laufen zu dürfen, so vieles nicht tun zu dürfen, immer maß halten zu müssen. das maß deines vaters.

vaters anwesenheit verringert die deine. sein blick ist aufmerksam, durchdringend, holt dich immer wieder ein. entfernungen spielen dabei keine rolle. durch türen, durch wände spürst du seine stechenden augen. auch nachts, wenn du schläfst. und manchmal, wenn vaters kopf sich zu dir neigt, eine unbewohnte nähe einnimmt, das dunkel seiner pupillen zu dir wächst, siehst du dich selbst, siehst dich im spiegel seiner ovalen brillengläser, siehst, wie du stehst, wie du sitzt, ohne bewegung bist. ein auftakt ohne ende.

hin und wieder nimmt vater deine hand. beugt sich leicht, legt deine kleine hand in seine große. umschließt sie. mit all seinen fingern. mustert dich genau, während du deine eigene hand suchst. sie verschwindet in seiner, du erschrickst. siehst nur noch dein handgelenk, deine dünne haut und ihr abruptes ende in seinem festen griff. du hältst den blick gesenkt, versuchst dir selbst auf die spur zu kommen, folgst deinem atem genau, hörst deinem puls nach, siehst das leichte klopfen von innen, diese kaum wahrnehmbare bewegung an deiner haut, und je genauer du hinhörst, umso lauter wird es, es hämmert in deinen ohren, und du ziehst deine hand aus seiner, fliehst, spürst den zorn in deinem rücken, drehst dich nicht um.

dein vater wechselt länder und städte, haltungen und ideale wie andere leute ihren speiseplan, täglich nimmt er neues zu sich. vielleicht nährt er genau so sein denken, sein gefräßiges hirn, das weißt du nicht, das geht dich nichts an. wie deine brüder bist du gegenstand seiner pädagogischen experimente, von ideen, die er nach lust und laune ausprobiert, immer in der annahme, seinen kindern das beste zu ermöglichen. gern würdest du dich ihm entziehen, aber du bist gefangen in raum und rolle. eure gespräche, euer täglicher umgang folgt einem fixen regelwerk, das dir zuwider ist, dir schwarze wut in die augen treibt, immer dann, wenn bei gesellschaften deine antworten wie krümel vom tisch gewischt werden, überreste deines denkens.

vier brüder, vier namen, die deine mutter beschäftigen, die ihren tagen sinn verleihen. du siehst ihre schemen, wie sie durch gänge und zimmer rennen, schwer zu unterscheiden, ihre stimmen eine fliehkraft im raum, geschwindigkeit in töne umsetzend, eine geschwindigkeit, hinter der du zeitlebens zurückbleiben wirst, abgesehen von diesem rasen in deinem hirn, aber das lässt sich nicht vergleichen. du beobachtest, wie geschickt die beine deiner brüder eine bestimmte abfolge einhalten, immer eins nach dem anderen: während der eine fuß noch in der luft ist, macht sich der andere schon bereit, hebt sich, bevor die spitze das parkett verlässt, und der andere fuß wieder aufsetzt, ein klacken im raum, hörbare anwesenheit. du sitzt still in einer ecke, deine beine verborgen in röcken, verfolgst du das geschehen, vergisst deinen körper, gehst in die beobachtung ein, wirst teil des raumes, bis der klang deines namens, selten genug, einen gedanken zerreißt.

aus wechselnden mündern hörst du deinen namen, alice, mal weicher, mal härter, mit diesem zischenden schlusslaut, so ein dünner laut, alice, der in deine ohren dringt, von außen ins innere zieht, alice, ein scharfer strich aus einzelnen mündern, so stellst du es dir vor, nein, so siehst du es sogar, ein strich, der die grenze zwischen dir und den anderen zieht, alice, so etwas schneidendes von beginn an, damit wächst du auf, das kennst du, ist dir vertraut, auch wenn keine wärme darin steckt. vielleicht gerade deshalb. anders die namen deiner brüder. william zum beispiel. dein ältester bruder. sein name endet sacht zwischen den lippen deiner mutter. ein schmelzen. wenn sie ihn ruft, suchen ihre augen ihn bereits, und ihr mund formt ein lächeln, sein name weich ausklingend, william, die betonung auf der letzten silbe, und kurz darauf seine gestalt, seine erscheinung, dir ein weites stück voraus.

deine mutter siehst du nur aus der ferne. am anderen ende des raumes, des tisches, am anderen ende deines bettes. du nimmst sie nur in schemen wahr, als hätte jemand unschärfe in dein auge gelegt, wenn es um deine mutter geht. um mary. berührung gibt es kaum, berührung denkst du dir. deine mutter ist nicht schön, aber sie hat ein klares ziel vor augen. hochzeit, familie. sie ist ein mensch, der sich problemlos einfügt, sich selbst und anderen keine fragen stellt. eine frau, die spät heiratet, auf deinen vater wartet. später als alle anderen ihre kinder bekommt. vier jungen, ein mädchen. ihre wünsche verwirklicht, glücklich ist. über deinen vater, deine brüder. sie alle verleihen ihrem alltag etwas besonders, etwas glänzendes. alle. außer dir.

mit henry ist es anders. von klein auf. zwischen euch gibt es eine verbindung, feste bande. als du auf die welt kommst, ist henry fünf, blickt wach in eure welt, während du noch in deinem bett liegst, noch nicht laufen, noch nicht denken kannst, noch nichts von deinen brüdern weißt, beugt sich henry über den rand deiner wiege, er schielt nach dir, nach diesem kleinen wesen, das du noch bist, beobachtet dich, von klein auf ist henry da, und ähnlich dir zeichnet auch er mit, zeichnet gespräche auf, die beziehungen, die sich in eurer familie entwickeln. henry bringt wärme in dein leben, er interessiert sich für dich, mehr als mutter es jemals tun wird, denn henry ist ihr liebling, ihr augenstern, daraus macht sie keinen hehl.

dein vater, deine mutter, vier brüder, wechselnde gouvernanten, äußere koordinaten deiner inneren spannung. dazwischen deine tante kate. die doppelung deiner mutter, kein spiegel, sondern verstärker. zwei frauen, die sich ohne worte verstehen, sich sorgen wegen deines kränklichen zustands, deiner fehlenden leichtigkeit. du bist eine last. wer soll dich heiraten, wer soll sich eines menschen wie dir dauerhaft annehmen? das fragst du dich auch, und ahnst früh die antwort, früher als alle anderen: du wirst allein, wirst jungfer bleiben. *spinster*. und du spinnst dich in einen kokon, aus deiner angst ziehst du einen faden nach dem anderen, spinnst dich weiter ein, verwebst diese fäden zu einer engen schicht, die immer fester wird, eine verschalung, hart wie ein panzer aus chitin.

1861

du liest. schon als kind liest du gern. lernst die buchstaben und fügst sie zu reihen, die dir halt geben, ein geländer, an dem du durch deine tage gehst. aus worten werden sätze, aus sätzen werden fragen. und da du keine antworten erhältst, beginnst du zu schreiben. papier brauchst du dafür keines, du schreibst mit deinem körper, schreibst dich in den raum. wirst selbst zur frage. hörst zu, zeichnest auf. sammelst das wissen um dich, saugst es mit deinem atem ein. wenn deine brüder zur schule gehen, von deiner mutter umarmt, geherzt werden, musst du zuhause bleiben. du setzt dich auf die treppenstufen, drückst dich ans geländer, mit all deiner kraft. unterrichtet wirst du von gouvernanten, aus einem höheren grund, erklärt dir vater, und dass übermäßige bildung mädchen und frauen nicht bekomme, dass wissen nicht ihr sinn, ihr ziel sei, erklärt er dir weiter, schreibt es sogar auf.

in eurem haus wird regelmäßig zu gesellschaften geladen, dein vater legt großen wert darauf. diskussionsabende wie im *saturday club*. er sammelt sätze und argumente, ist süchtig nach anderen meinungen, nach ideen, die er auf sein, auf dein leben anwenden kann. die liste der namen ist illuster: es sind die großen denker deiner kindheit und jugend, ihre bücher heißen *walden*, *der scharlachrote buchstabe*, über die pflicht zum *ungehorsam gegenüber dem staat* oder *selbstvertrauen*. bücher, die du nur vom hörensagen an eurem tisch kennst, die du aber zu gern lesen würdest. wörter, die dich elektrisieren, dich anziehen.

ungehorsam etwa. ein gewaltiger begriff, denkst du, und mit jeder gabel, mit jedem löffel nimmst du ein neues wort zu dir, einen neuen gedanken, kaust an den begriffen, verschluckst dich an ihnen, spülst sie wieder hoch, *selbstvertrauen*, noch so ein begriff, vertrauen in sich selbst, in dich, so etwas schwieriges, dein selbst ist ja kaum vorhanden, wie sollst du dir selbst vertrauen, diese frage steht dir groß ins gesicht geschrieben, aber da ist niemand, der mit dir darüber sprechen will. deine gedanken versanden inmitten dieser gesellschaften, für die du dich den regeln deiner zeit entsprechend zu kleiden hast, dafür tragen tante kate und deine mutter sorge.

crinoline, so ein schönes wort denkst du noch, aber wie hässlich zu tragen am eigenen körper, dieses wort, diese verschalung, die einem die luft abdrückt, in der frauen sogar verbrennen, aus unachtsamkeit, aus spielerlei oder langeweile. viel arbeit steckt in diesen reifröcken, in diesen dünnen reifen, die holzring für holzring feinen stoff zu einem kreisrunden etwas um dich herum aufspannen, deine wirbelsäule darin eine fragile vertikale, der versuch, kopf und fuß zu verbinden. alles in dir wehrt sich gegen diese textile fessel, die deinen gang zu einem einzigen wiegen macht, zu einer sanften stoffwelle, die lautlos übers parkett streicht, nur vom spitzen takt deiner stiefel begleitet.

william makepeace thackeray ist eines der vielen fischmäuler, die dich nach belieben einsaugen und ausspucken, einer, der dich taxiert, dich aus deinen reifen zieht, mit blicken natürlich, *so young and so depraved*, so jung und schon so verdorben, andere worte findet er nicht für dich, sein *jahrmarkt der eitelkeit* spielt in einer anderen welt, da hast du nichts verloren. wörter, ganze sätze bleiben dir im hals stecken. du bist gegenstand der unterhaltung, das nimmst du noch wahr, in der glut aus scham und verzweiflung, die sich ring für ring durch deine krinoline frisst, dir ins gesicht steigt, ein rot auf deine wangen treibt. noch hält der stuhl, hält der stolz deine wirbelsäule, dein körper reglos, mechanisch jede deiner bewegungen, nichts weiches, nichts sanftes soll von dir ausgehen, du willst endlich raus aus diesen ringen, als ob sie der ausgang eines langen tunnels wären.

aber jetzt geht es erstmal ums stillhalten, du musst dich an die verschalung deines körpers gewöhnen. an gespräche, die dich zum schweigen bringen, dir kleine stiche versetzen, an die witze deiner brüder, ihre gemeinheiten, deren ziel du bist, und du weißt auch nicht, wohin mit dir, als william in den salon tritt, die stimme hebt, seinen blick senkt. *on alice*, ein sonett nur für dich, sein warmflüsterndes lächeln und zunächst noch deine leise freude, *on alice, the moon was mildly beaming*, gebrochen vom hohn der anderen, vom getuschel, *upon the summer sea*, da ist es wieder, das schwarz glänzende loch in dir, *I lay entranced and dreaming*, von verzauberung keine spur mehr, *my alice sweet, of thee*, du hörst deine wut anrollen, die wörter in deinem hirn knirschen, wer das sein soll, brüllt es in deinem inneren, aber du musst stillhalten. was für ein wahnsinn, denkst du, dass niemand dich sieht, wie du da stehst, ein ausrufezeichen im tag, eine aufforderung, die niemand hört, niemand hören will, ein satzzeichen ohne sinn.

was für andere normalität ist, ist für dich besonders: vierzehn bist du, als du deinen körper nach draußen schickst, ihn anweist, schritte zu tun, ihm drohst, dass er endlich die räume zu verlassen hat, die dich so einengen. du willst neues sehen. luft atmen, weite spüren. newport. du reibst dich über das graue gestein, die klippen deine innere landschaft jetzt, die sich öffnet, deinen körper aufbricht, so etwas brutales, denkst du, diese art der öffnung, aber anders geht es nicht, das weißt du, und du schreist gegen dieses leben an, wanderst durch klippen, streifst mit händen übers geklüftete, fühlst dem stein genau nach, senkst deinen blick, streifst das geschnürte deiner schuhe, ziehst sie aus, siehst deine weiße haut in natürlichem licht.

mit nackten füßen die welt erlaufen, das ist neu. von klein auf steckst du in festen schnürstiefeln, ein glattledernes weiß, das deine füße bedeckt. du steckt fest in diesen schuhen, da gibt es kein entkommen, aber hier, zwischen den klippen, atmest du ruhig, unbeobachtet. befühlst deine füße: dünn, durchscheinend ist ihre haut. du reibst mit deinen händen sorgsam über die sohle, streichst mit deinem zeigefinger über den rist, während du inmitten der klippen sitzt, der himmel jetzt offen über dir, wind, und deine augen schaufeln das randlose, können nicht lassen vom horizont, dieser feinen linie, die das meer zu einer ebene macht. du suchst nach bezeichnungen für die feine abstufung der farben, diese mischtöne, zwischentöne, die nichts mit deinem leben zu tun haben, das nur schwarz und weiß kennt. ruhe zieht ein, für einen moment.

die welt aber, sie dreht sich weiter. um dich herum planeten, du nennst sie brüder, und trabanten, vater und mutter, die sie umkreisen. du beobachtest ihre umlaufbahnen, zeichnest sie still mit. du eiferst ihnen nach, versprichst deinem vater, *good and sweet* zu sein, es schreibt sich leichter, als es ist, und wie groß deine freude, als du doch zur schule gehen darfst, in newport, mädchen, junge frauen auf einmal um dich, das rauschen der röcke ein alltagsgeräusch, nichts extravagantes, nichts beschämendes mehr, fast schon wähnst du dich normal, in der klasse von mrs. clapp, beim blättern durch *godey's lady's book*, und doch sträubt sich etwas in dir, gegen dieses süßlich aufgetragene, eine süße, die dir nicht steht, nichts mit dir zu tun hat, fünfzehn, sechzehn wirst du, es spielt keine rolle, die welt dreht sich weiter, und um dich mädchen und frauen in reifröcken, ein aufgebauschtes dasein, so scheint es dir. unruhe macht sich wieder breit, fragen wuchern, fragen, über die du endlich reden willst.

aus newport wird boston, aus einem haus ein anderes, nur größe und stockwerke variieren, der bürgerkrieg ist jetzt in vollem gange, dein vater, deine mutter in sorge. du verhältst dich still. nimmst deine schwindende schwäche wahr. registrierst staunend, dass sie bei deinen brüdern zunimmt, weil schwäche auf einmal schutz bedeutet, das ist neu, leuchtet dir aber ein. die schwäche, dem krieg nicht gewachsen zu sein, natürlich, denn wer kann das schon wollen, am krieg wachsen, darin größe erlangen, denkst du, und nähst armbinden für soldaten, strickst socken, *knitting stupid socks*, aber immerhin, du bist teil einer bewegung, hast eine aufgabe, die tage endlich einen sinn.

dein alleinsein verläuft sich in der spitze deiner nadel, wird dünn, wird zum faden, an dem du die tage einzeln aufreihen kannst, darin deine innere anspannung, die frage, was kommen mag. und während deine brüder aus boston fliehen, henry und william vor dem krieg, die beiden jüngeren, bob und wilky, in den krieg, deine eltern in sich selbst und ihre angst, bleibst du einfach, bleibst nähend an diesem ort. überlässt dich der zeit.

1865

ein leuchtturm in deinem leben, endlich, der vater, mutter und brüder überstrahlt, jemand, der dich in licht taucht, allein durch seine anwesenheit. fanny, ihr name. fünf buchstaben, die dir alles bedeuten. fanny ist anders als du. schön ist sie, eloquent, beliebt. doch das ist dir egal. du liebst es, fanny anzusehen, blickst ihr direkt in die augen, ohne angst, und sie erwidert deinen blick, gibt dir halt. du schreibst weiter briefe, schreibst, weil es einen grund gibt zu schreiben, einen grund, zu existieren. du schreibst dich in fanny hinein, so wie man sich in jemanden hineinlieben, hineinversenken kann. tauchst immer tiefer in ihre helle gestalt, die dich selbst dunkler werden lässt. manchmal kniest du am boden, die tür verschlossen, deine lästigen reifröcke gegen ein nachthemd getauscht, das bewegung zulässt, dein haar offen, dein rücken gebeugt, keine geknöpfte linie zu spüren, nur das weiße papier vor dir, darauf deine hand, darin die feder, und immer der gleiche anfang, der gleiche auftakt in deiner eigenen schrift *my dear fanny*.

mit fanny zieht liebe in dein leben. du greifst nach diesem wort, lässt es nicht los, leibst es dir ein. hörst in dich, versuchst zu spüren, was dieses wort mit dir macht, was sich in ihm verbirgt. jeden morgen legst du es vor dich auf den tisch, untersuchst es von allen seiten, suchst auch in dir, findest nichts konkretes, gräbst und wühlst weiter, blätterst in zeitschriften, illustrierten, aber da ist nichts, was zu dir passt. manchmal im nähzirkel oder in der schule von mrs. clatt hörst du jemanden von liebe sprechen, dieses wort hinter vorgehaltenen händen flüstern, aber hier zeigt es sich anders als du es dir denkst, weiß behandschuht taucht es auf, jetzt am ende des bürgerkriegs, oft genug von einem jungen mann verkörpert, der dir fremd ist, und mit diesem wort liebe verschwindet ein mädchen nach dem anderen aus deiner nähe, verschwindet in große häuser, verschwindet hinter dem rücken eines mannes, *the usual thing*, verschwindet in kindern, die noch geboren werden, eine handvoll kinder, verschwindet in tränen, eins nach dem anderen, wird unsichtbar. und nur du bleibst, denn du bist anders.

du findest dich in immer kleineren gesellschaften wieder, versteckst dich, soweit es dir möglich ist. bist dieses einladen junger frauen leid, die immer das gleiche erzählen, im hohen, gekünstelten ton, abwechselnd eine teetasse oder eine dünne nadel in der hand. frauen, die jeden tag ein bild ins poröse sticken, graziöse stiche, das garn schillernd nach außen, das denken aber dumpf und schal, *those creatures who never find their bearings*, und du bist froh, genau so nicht zu sein. mit zukunft hat das alles nichts zu tun, obwohl draußen vorm fenster, vor der tür ideen vorbeiwehen, die amerikas städten ein neues gesicht geben könnten. eine neue zeit beginnt, doch in ashburton place spürst du davon kaum etwas. die männer versuchen nach dem bürgerkrieg wieder zu hause fuß zu fassen, an die alten zeiten anzuknüpfen, tauschen uniformen gegen dunkle schoßröcke, aufgebügelt und abgebürstet von zofen und kammerdienern. der verzweifelte versuch, das neue wie eine lästige fliege zu verscheuchen.

dein platz ist weiterhin im bett, in einem sessel, auf einem stuhl. doch während du still stickend verharrst, spielt die zeit für dich. ausnahmsweise. *black people* und frauen formieren sich zu einer liga der unterdrückten, zu einer bewegung, verschaffen sich gehör in einer welt, die im aufbruch ist. so wie du. noch aber siehst du nur die runde spitze deiner sticknadel, wie sie die gaze durchdringt, ins dunkel verschwindet, bevor du sie mit geübtem griff wieder ins sichtbare ziehst, das helle der nadel zwischen zeigefinger und daumen aufblinkt. stiche, die sich aneinanderreihen, ein wiederholtes versprechen auf nichts ergeben, ein nichts, das du dir an die wand hängen kannst. das perfide muster deiner jugend. du stickst und hörst nebenbei das erste mal vom frauenwahlrecht. ein wahlrecht für alle: die idee lässt dich aufhorchen, deinem vater ist sie zuwider.

dein vater wird nicht laut, zumindest nicht sofort. und genau das bedeutet gefahr. je leiser er wird, desto bedrohlicher die situation. für dich, für mutter, die brüder. die gäste. für all diejenigen, die nachrichten aus einer anderen welt mitbringen, von einer neuen politischen ordnung sprechen, zum beispiel von der *american equal rights association*. für dich symbolisiert sie die zukunft, für deinen vater den untergang. in seiner welt sind frauen eine grundierung. eine farbfläche, der man kontur verleihen muss. auf die man gedanken auftragen oder einritzen muss. als mann. deine mutter denkt über so etwas nicht nach, sie lebt in einfachen sätzen, die sich um das leben ihrer kinder drehen. ihrer jungen. william. und henry, der gespannt am tisch sitzt, die diskussionen genau mitverfolgt, in seinem kopf bereits erzählungen entwirft, in denen frauen im mittelpunkt stehen, frauen, die ihren tag frei gestalten können, die für sich entscheiden, allein zu leben und dabei an grenzen geraten. sein ausloten einer neuen weiblichkeit beginnt bei dir zu hause.

du dagegen hast nach wie vor keinen verstärker, kein sprachrohr. nur deine fragen. die antworten suchst du in den blicken der anderen, der rücken gerade, das kinn leicht erhoben, die schultern eine linie, die augen weit offen, streng. so trittst du ihnen gegenüber. du kannst blicken standhalten, ohne zu zucken oder verschämt zu erröten, du hast keine angst, im gegenteil. du wirfst deine blicke in das gesicht deines gegenübers, wartest den aufprall ab, wartest auf eine reaktion, einen aufschrei, ein auflachen, irgendetwas. aber da ist nichts, und du verziehst keine miene, verbietest deinen lippen jedes unsinnige lächeln und jedes dumme wort, dein mund ein strich im tag, ein gedankenstrich, sichtbar gefühllos und kalt, das seist du immer schon gewesen, schon als kind, sagen sie dir später, aber in dir brennt es, auch schon als kind, brennt es weiter, immerzu, und da ist keiner, der das sieht. außer henry.

henry kennt dich gut, er hört dir zu. seine wärme, sein ruhiger blick, seine aufmerksamkeit muntern dich auf, geben dir kraft. und henry verfolgt deine entwicklung genau, er leidet mit, nimmt teil an deinen ein- und ausbrüchen, interessiert sich für deine bekanntschaften, die spärlichen. henry seziert die gesamte familie, auch dich. schicht für schicht trägt er vom familienkörper ab, legt wunden und narben frei, den familiären organismus bloß. still verläuft dieser prozess, der auch nach deinem tod kein ende nimmt, still verläufst du dich in seinen späteren porträts, in tausenden von seiten, anfangs noch ahnungslos. du tauchst und leuchtest auf in erzählungen, die ein anderes leben für dich bereithalten, neue möglichkeiten schaffen, gespräche, die dir fenster öffnen, eins ums andere, aber in der wirklichkeit bleibt dein fenster erstmal geschlossen, dein raum liegt nicht in henrys *house of fiction*, diesem wunderbaren gebäude, das nicht nur ein fenster hat, *but a million*.

henry beginnt früh mit dem schreiben, der bürgerkrieg eine jähe zäsur. er schreibt heimlich, während andere männer die gräuel des krieges verdrängen, all die bilder, die gerüche, schießpulver, zündende kanonen, das pfeifen und schreien in den ohren in sich zum verstummen bringen, all das blut, auf uniformen, der stoff zerrissen, zerschlissen die haut, wunden und narben, mal mehr, mal weniger sichtbar, das zukrusten der haut, der gefühle. henry schreibt die geschichte eines jahres, *the story of a year*, die geschichte zweier menschen, einer jungen frau und eines jungen leutnants, lizzie und john, die durch den bürgerkrieg, aber auch durch die intrigen einer mutter getrennt werden, die sich eine andere frau für ihren über alles geliebten sohn wünscht, *a wife fashioned on her own model*. nicht nur eure mutter ist unschwer erkennbar, auch du bist teil der *story*, gibst lizzie einen charakter, eine haltung, die nicht in die schablonen deiner zeit passt. ohne es zu wissen, stehst du für etwas eigenes, wanderst durch seine geschichten, ohne ziel.

1866

du brennst. innen, lichterloh. nach außen nimmt dein leiden jetzt kontur an, wird forschungsgegenstand. vorträge und artikel über *neurastheny*, *hysteria* und *nervousness* sind en vogue, die öffentlichkeit giert nach mehr. von kopfschmerzen, blässe, großen pupillen ist die rede, von all dem, was du schon so lange kennst. allerdings nur mit bezug auf frauen. fein säuberlich wird unterschieden, zwischen krankheit und hysterie, und hysterie ist keine krankheit, sondern ein zustand, ein falscher zustand, den sich frauen, *overeducated*, fahrlässig einhandeln, nicht vergleichbar mit den malaisen der männer, die den krieg noch im körper haben.

du steckst weiter fest in dir selbst. steckst in reifröcken, in einem korsett, das dich versteifen, dir eine haltung geben soll, aber was kann das schon für eine haltung sein, ein körper von fischbein gestärkt, die geplätteten barten eines wales auf deiner haut, und daran schnüre, die festgezogen werden: mit einem ruck, ohne zögern, geschickt muss man sein, zwei hände in deinem rücken, manchmal vier, tante kate und deine mutter, die an zwei schnüren und einem strang ziehen. dein körper hat keine wahl, zwei wale aber in deinem rücken, so dein gefühl. mit jedem ruck, mit jedem zug wird luft aus dir gepresst, aus deinem mund gestoßen, du verschluckst dich an dir selbst, am schmerz, der in deinem brustkorb dröhnt, aber da ist kein entkommen, du wirst zwischen fischbein gezurrt, ob du willst oder nicht. fragen spuckst du in deine hand, sodass keiner sie sehen, sie hören kann, mit jedem ruck, mit jedem zug gewinnst du an haltung, zumindest nach außen.

delicate. ein wort, das je nach kontext etwas anderes bedeutet: empfindsam. zart. sensibel. zerbrechlich. nervös. das etikett klebt an so vielen jungen frauen deiner zeit, packt sie in schubladen, wo ihre stimmen leiser werden, sie kaum zu hören sind. deine reaktion liegt fernab von *delicate*, ist reine wut. aber wut, das bringt man dir von klein auf bei, kennen mädchen und frauen nicht, wut ist unweiblich, geziemt sich nicht. wut bedeutet kontrollverlust, wut bedeutet das zulassen einer inneren stimme, die es zu zügeln, zu unterdrücken gilt. nur manchmal gelingt dir das. dann aber gerät alles ins wanken, du zitterst, flatterst, verbietest deiner stimme das wort, doch sie gehorcht dir nicht. tobt in deinem hirn, beschimpft dich, nennt dich feige. du nickst, gibst ihr recht, aber weil du erschöpft bist, willigst du ein, begibst dich erneut in medizinische behandlung, *the sad fate for the winter*, so schreibst du an fanny, hast angst vor dem unbekannten, das dich erwartet.

straightjacket etwa. ein neues wort in deinem kopf. grob gewebt, derbes leinen, robuster stoff. ganz anders als deine sätze, die dir oft schon auf der zunge, auf ihrem weg ins außen zerreißen. eingeschnürt werden, das kennst du schon, wie auch das beruhigende murmeln, dass alles nur zu deinem besten geschehe. aufrecht sitzt du in fremden betten, dir zugeeignet für kurze zeit, tauschst dein zimmer gegen andere, mit fenster, ohne fenster, das spielt jetzt keine rolle, und du bist allein, von vater, mutter und brüdern getrennt, nur tante kate in deiner nähe, immerhin. deine hände suchen nach nähten, verschlüssen, nach etwas, das sich öffnen ließe, nach einem ausgang für dich und deinen körper.

du bist gast, so sagt man das, hier in new york, in einer klinik, einem viktorianischen versuchslabor mit der fassade eines privathauses, geführt von charles fayette taylor, einem großen mediziner deiner zeit. du kennst sein gesicht schon im schlaf, ein weiterer backenbart, grau meliert, der sich mit angetäuschter freundlichkeit über dich beugt, sich dir nähert, eine unangenehme nähe ist das, du blickst auf das dicklippige fischmaul, das sich über dir öffnet und schließt, du zählst die bewegungen der lippen, um bei dir zu bleiben, nur hin und wieder erreichen dich einzelne worte, von muskeln, von sehnen, von energie ist die rede, und davon, dass sie bei dir am falschen ort sitze, man sie ausleiten müsse, ein vorschlag, den du nicht verstehst, denn du bist froh über diese energie, willst sie endlich umsetzen, ausbrechen aus dir selbst.

motorpathic treatment. noch so ein neues konzept. du folgst anweisungen. im liegen, im stehen, im sitzen. deine reifröcke, dein korsett, deine zwangsjacke jetzt leere hüllen an einem anderen ort, so als ob du geschlüpft wärst, aus deiner verschalung, diesem harten kokon. du trägst jetzt helle, fein gemusterte hemden, die kindheit lässt einen nie los, und wieder landest du in einem bett, diesem festen rahmen, spürst hände, die die energie aus deinem kopf, aus deinem leib massieren wollen, damit endlich ruhe einkehre. du lässt es geschehen, lässt es einfach zu. das denken, *thinking*, sei nicht das problem, wird taylor später schreiben. die gefühle, *emotions*, seien der grund allen hysterischen übels. seine theorie erklärt dich zu einem überempfindlichen wesen, das keine bildung verkraftet, zu keinem eigenen denken fähig ist. frauen sollen ihren körper und geist unter kontrolle haben, moralisch unbefleckt sein und söhne in die welt setzen. eine welt, die dir vollkommen fremd ist. eine welt, die dich anwidert. eine welt, die genau den vorstellungen deines vaters entspricht.

du liegst seitlich. die knie fest an dich gezogen, sodass du die knochen an deinem bauch spüren kannst. deine arme umschließen deine nackten beine, deine waden, du bildest einen kreis, aus dem es kein entkommen gibt. deine linke wange schmiegst du ins kissen, aus haut wird stoff, aus stoff wird haut, dann folgt lange nichts. die augen hältst du geschlossen, *behind the eyes my head feels like a dens jungle into which no ray of light has ever penetrated*, dein ohr dringt in die tiefe, hört den einzelnen daunen nach. wie viele gänse es für ein kissen braucht, wer diese tiere rupft, pore für pore ein feinlöchriges muster hinterlässt, die sprichwörtliche gänsehaut, das würdest du gern wissen, dass es frauenhände sind, da bist du dir sicher. deine lider takten den tag nicht mehr, deine welt nun ein gerader strich durch die zeit. geknüpfte stille.

die welt begegnet dir jetzt nur noch in briefen. es ist die welt deines vaters, deiner mutter, deiner brüder. sie alle erzählen dir, schreiben dir aus einem kosmos, in dem du keinen platz hast. dein vater versucht sich in nähe, schreibt sich den verlust einer tochter vom herzen, die es nie gegeben hat, nie geben wird, *a little woman whose only ambition was to be a good wife and mother.* du liest von weiteren freundinnen, die heiraten und verschwinden, liest, wer in welcher gesellschaft was gesagt oder nicht gesagt hat, liest von deiner mutter, die dir von deinen brüdern schreibt, henry und william, die dir von sich selbst schreiben, von ihren krankheiten und ihren aufstrebenden karrieren, und natürlich, so ein schriftsteller ist psychisch labil, das äußert sich auch körperlich, dafür gibt es einen klaren grund, das schreiben, während du einfach auf den nächsten zusammenbruch zusteuerst, dich selbst kleinredest, *having so little mind account for you having so much*, das große wissen deiner brüder, und du ihre *loving idiotoid sister.*

du musst überlegen, ob du dich mit deinen brüdern messen, deine intelligenz mit ihrer vergleichen, nach ihren regeln spielen willst. aber schon der ton in williams briefen lässt dich zurückzucken, diese kühle arroganz, diese überheblichkeit schreckt dich ab, zumindest für einen moment, denn genauso fürchterlich ist die vorstellung, nur noch zu nähen, zu sticken und zu stricken, die tage in üppig ausstaffierten salons zu verbringen, sich über hüte und frisuren zu unterhalten, die du niemals tragen wirst, über die perfekte rötung einer wange, die du niemals haben wirst, von einer familie, von kindern, von einem mann an deiner seite ganz zu schweigen. du hast eine ahnung von dem leben, das du führen möchtest, aber niemanden, mit dem du darüber sprechen kannst. und du siehst deinen brüdern zu, wie sie studieren und fächer wechseln, verfolgst, wie william von der malerei zur chemie springt, von der chemie zur medizin, von der medizin zur psychologie, um deine zukunft macht er sich keine gedanken, aber wie viele andere nutzt er dich gern als material.

monate vergehen, aus dem winter eines jahres wird das frühjahr des nächsten, du kehrst nach hause zurück, tauschst new york gegen cambridge, einen raum gegen einen anderen, es macht kaum einen unterschied. die fremden hände spürst du noch auf deiner haut, doch deine sehnsucht nach berührung bleibt unerfüllt, es scheint dir, als ob deine haut mit einer luftdichten, transparenten glasur überzogen, dein körper verschlossen und versiegelt wäre. darin: dein inneres brennen, während tage sich zu monaten summieren, sommer, herbst und winter, deine ganze jugend an dir vorbeizieht. und da ist nichts, was du dagegen tun kannst, außer warten, und lesen, und wieder warten, manchmal schreiben, in der bibliothek, am schreibtisch, die tage fallen in sich zusammen, und es bleibt nichts, außer diesem inneren brennen, das sich mehr und mehr an die oberfläche frisst.

in wellen. dein körper, dein geist, amplituden nicht steuerbaren verhaltens. du suchst erklärungen, versuchst deinen körper zu verstehen, deinen geist. du bist achtzehn, jetzt kämpfst du, immer kämpft etwas in dir, schwäche gegen stärke, körper gegen geist, auflösung gegen kontrolle, hell gegen dunkel. *'tis a never-ending fight.* dein körper wird dir fremd, ein fremdkörper, und immer wieder die versuchung, dich selbst aus dem fenster zu werfen, deinen kopf gegen einen tisch, gegen die wand zu schlagen, im dumpfen aufprall für einen moment besinnung zu finden, damit du weniger wirst, endlich ruhe einkehren möge, aber es gelingt dir nicht. wer du eigentlich bist, diese frage lauert überall. du wähnst ein übel in dir, etwas außerhalb der moral, etwas böses, kaum getraust du dich das wort zu denken, *evil*, das dich von klein auf ins bett, in den raum, in die zwangsjacke schnürt, die jetzt immer enger wird, von außen, von innen, der atem, was war das eigentlich noch, wie ging atmen, das weißt du nicht mehr.

1867

lange zeit passiert nichts. die tage sind austauschbar. du liegst in betten, sitzt auf stühlen, in gesellschaft oder allein, jeder schritt eine herausforderung. du gibst dich in die zeit, wirst stoisch, deine lider schlagen im gleichmäßigen takt, dem nun auch dein herzmuskel folgt, es gibt keine amplituden, keinen peak mehr, *life passes with clock-life regularity*. du fügst dich, folgst aufmerksam dem nähfüßchen der neuen maschine, die du mit mutter kaufst, das rockgebausche nun unter glatt gezogenem stoff, du sitzt aufrecht, drehst am rädchen, drehst an der zeit, atmest im takt der auf und ab stechenden nadel, folgst jeder naht einzeln, der dünnen spur aus ober- und unterfaden, ein schließvorgang, den du nur zu gut kennst, und du lernst schnell, nähst nun kleidung für vater und brüder, nähst dich fest, versäumst offenes zu geschlossenen rändern, bleibst still im geräusch der nähmaschine.

aus nähten werden kleider, werden fragen, die nichts mehr mit dir und deinem umfeld zu tun haben, der übergang ist fließend. vorsichtig blickst du über den rand, unmerklich, sodass dich niemand daran hindern kann. die neugier läuft in feinen stichen, in schmalen spuren durch dein hirn. du registrierst die unterschiede zwischen deinem und dem leben anderer. du liest von frauen, die mit ihren kindern in arbeitervierteln leben, frauen, die ein kind nach dem anderen gebären müssen, frauen, die weder lesen noch schreiben können, frauen, die ähnlich dir fest in einer rolle stecken, aber eben kein parkett unter den füßen, kein rockgebausche, sondern zerschlissenes um sich, hunger, kälte. unterstützung finden sie kaum, abgesehen von mutigen frauen wie elizabeth peabody. als du sie eines trages triffst, hörst du ihr fasziniert zu, beginnst dich für das leben fremder menschen zu interessieren, vergisst deinen rhythmus, den langsamen, lässt deinem denken mehr raum, beziehst positionen, nimmst sichtbar haltung an, öffnest dich.

für kurze zeit wirst du teil einer bewegung, eines wöchentlichen treffens, das dich rausreißt aus deinem trott. *sewing bee*, die nähende biene, sechzehn junge frauen, sechzehn nähnadeln in einem raum, emsig, ein rauschen von röcken in hellen farben um dich, das schwirren von stimmen über den stoffen, eine leichtigkeit, die den raum ausfüllt, diese schnitte haben nichts mehr mit wunden und narben zu tun, sondern mit bettlaken, decken und nachthemden, ein versprechen aus weißen festen stoffbahnen, das dir boden unter den füßen gibt, das aus dir einen handelnden menschen macht. aus den treffen werden ausflüge und picknicks, du findest dich wieder im grünen zwischen ausgelassenen jungen frauen, die wie du in korsetts, reifröcke und schnürstiefel eingezwängt sind. in den *hoop skirt*, diesen elenden reifrock, mit dem jeder versuch, sich auf den boden zu setzen, zu einem slapstick ausartet.

elizabeth peabody lässt sich nicht abschütteln, nicht abweisen. von nichts und niemandem, auch nicht von deinem vater, seinen gut gemeinten beleidigungen begegnet sie mit einer fröhlichkeit, die ihn stumm und dich staunen macht. ihr denken kennt keine grenzen, keine konvention, sie setzt ideen um, wie es ihr gerade passt. du suchst ihre nähe, begeisterst dich für ihre pläne. und henry ermuntert dich, im gegensatz zu deinem vater, aber das ist dir erstmal egal, das war erwartbar. du lässt dir kindergärten zeigen, stellst fragen, bekommst antworten, erfährst, was die kinder zum aufwachsen brauchen, denkst über deine eigene kindheit nach, die vielen wechselnden orte, die gouvernanten und sprachen, keine hand, die du greifen konntest, zu kurz deine aufenthalte, zu klein dein radius, zu groß deine angst.

auch jetzt, als deine brüder, einer nach dem anderen, die heimat verlassen, hast du angst. erst um william, der im jahresrhythmus studienfächer und universitäten wechselt, von paris nach berlin, von berlin an den amazonas, vom amazonas nach genf – oder war es andersherum? zwischen den zeilen seiner briefe liest du, dass sich die orte in seinem kopf zu drehen beginnen, dass er immer wieder ins schwanken gerät. eine disposition in eurer familie. aus deinen brüdern macht sie genies ihrer zeit, aus dir eine unheilbar kranke. und bevor william von seinen langen reisen rückkehrt, macht henry sich bereits im kopf auf den weg, will dieses enge boston verlassen, das später den boden seiner bücher bilden wird. du hast angst, einen dir nahen menschen zu verlieren, als er aufbricht. aber henry schreibt dir, schreibt lange briefe, erzählt dir von europa, fächert bilder vor deinem inneren auge auf. du willst die menschen sehen, von denen henry schreibt, ihre gespräche hören, daran teilhaben, in salons an ihrer seite sitzen, willst selbst durch die straßen von london oder paris gehen. du kniest wieder am boden, die haare offen und keine geknöpfte linie im rücken, und deine hand schreibt *my dear henry.*

dein zustand bessert sich weiter, du kannst das haus verlassen, liest buch um buch, am liebsten charles reade, liest, wie er das frühe england beschreibt, tauchst ein in die welt der politik, liest zeitungen, *the nation*, liest von krieg und frieden und der frage, wie demokratie funktionieren kann, in der alten und in der neuen welt, du vergrößerst deinen radius, gehst auf distanz, zu vater, zu mutter, machst kleine ausflüge, gehst ans meer, frühmorgens schon, tauchst die füße ins wasser, spürst, wie sich deine haut zusammenzieht, das kurze stocken des blutes und wie es weicht, beobachtest, wie die füße im wasser verschwimmen, unruhig halt auf den steinen suchen, die zehen vorsichtig um sich tasten, hell tanzende flecken unter dir. immer wieder fixierst du den horizont. du stehst sicher, dein atem bleibt ruhig, dein körper hört einen moment lang auf dich.

den faden abreißen, nähte auftrennen, öffnungen schaffen. wieder ist es henry, der dir hilft, der dich versteht, der zumindest ahnt, wie es in dir aussieht. er geht mit dir auf reisen, in einer liebenswerten selbstverständlichkeit, tante kate schließt sich euch an. ihr bereist die orte deiner kindheit, deiner frühen jugend. europa. über queenstown erreicht ihr liverpool, in deinem kopf schummert noch der seeweg, die lange überfahrt, das schlafen in kleinen kabinen, darin gebettet die große freude, endlich aufzubrechen. henry wählt umwege, langsame fahrtstrecken, um dich nicht zu erschöpfen, über stonehenge etwa.

und dann bist du in london. ein offener puls, der an dich schlägt, dich selbst pulsieren lässt und du saugst bild um bild in dich, royal academy, british museum, kensington gardens, hyde park.

die orte deiner kindheit nehmen wieder kontur an. du gehst sicher an henrys seite, schreitest über bürgersteige, dein reifrock seltsam leicht, trittst ein in museen und theater, spürst wie sich deine pupillen weiten, spürst ihren hunger. erneut dein versuch, alles zu fassen, in dich hinein zu schlagen, wie schon als kind, soweit es dir möglich. nimmst auf, nimmst wahr, schreibst briefe an vater und mutter, berichtest, sortierst dich selbst, lebst auf. aus london wird paris, du wanderst beherzt zwischen den sprachen, spielerisch leicht gelingt dir der übergang, und verbringst deine tage in cafés, machst dir eine neue lebensart zu eigen, atmest in einer leichtigkeit, die dich und alle anderen überrascht. aber du spürst auch den besorgten blick des vaters, liest aus seinen briefen die angst, seine schwache alice, sein *fragile child* zu verlieren.

mehr und mehr zeit verbringt er in deinem alicelosen zimmer, an deinem bett, das nun keine begrenzung, kein rahmen mehr ist, zumindest nicht für dich. seine briefe verfasst er an deinem schreibtisch, während du immer höher steigst, den meeresspiegel unter dir lässt. von paris über genf fährst du mit henry und tante kate durch erinnerungen aus deiner kindheit in den grindelwald, bleibst hoch oben in den bergen, blickst hinab ins tal und in vergangene tage. merkwürdig, denkst du, es ist als ob du deine angst irgendwo auf dem weg einfach verloren hättest, als sei sie dir abhanden gekommen, ein versehen, das dich unverhofft zu einem anderen menschen, zu einem hoffnungsfrohen menschen macht. du genießt deine tage, die vorstellung, dem himmel ein wenig näher zu sein, aber nicht, weil du deines lebens gerade müde wärst, nein, einfach weil der himmel hier im grindelwald greifbar, in tiefem blau über dir gespannt ist und du deinen blick hineinwerfen kannst, einen blick nach dem anderen darin versenken kannst, ohne etwas aufzuwirbeln, zu verursachen, ein geräuschloses meer ohne grund.

du versorgst dich mit proviant. sammelst bilder, wörter, erlebnisse. willst nie mehr vergessen, wie sich das anfühlt: frei zu atmen, sicher zu gehen. sortierst die städte nach ihrer größe. london sprengt deine vorstellungskraft. diese stadt macht dir angst, im gegensatz zu paris oder später dann venedig. in gedanken schreibst du dir selbst postkarten, sprichst dir mut zu, heftest notizen ab, reflexionen deines zustandes, deines daseins, ans frausein traust du dich noch nicht zu denken. vierundzwanzig jahre bist du alt, vierundzwanzig jahre, von denen du viele in geschlossenen räumen, in betten verbracht hast, in fremden, in deinem eigenen. jetzt, zum ersten mal in deinem leben, bist du ohne vater, ohne mutter unterwegs. triffst deine eigenen entscheidungen. du willst nicht nach hause, nicht nach cambridge, zu all diesen fragen, wie es weitergehen wird, was aus dir werden soll, aus einer frau von vierundzwanzig jahren, die auch jetzt niemand heiraten wird, die keine ausbildung, keine stellung, keine zukunft hat. und du spürst schon, wie die wut wieder anrollt, am rande des himmels.

1872

du trägst am liebsten schwarz, gehst in trauer. beendest die reise, nimmst abschied von europa. die konsequenzen deiner rückkehr werden dir erst klar, als du wieder zu hause bist. und zu hause, das heißt außerhalb von dir. dort, wo kaum eine freie bewegung möglich ist. nur manchmal lugt ein kleiner weißer kragen aus deinem kleid, unter deinem kinn hervor, eine feinzärtelnde spitze im tag, als ob paris dir etwas von seiner verspieltheit mitgegeben hätte, ein andenken, das du andächtig in ehren hältst, direkt unter deiner kette trägst, eine verbindung zwischen kleid und haut, in der eine möglichkeit steckt, eine sprache, die dein vater nicht versteht. deine haare trägst du wieder streng gescheitelt, vom ansatz aus laufen weiche, dunkle linien auf einen knoten zu. einen dunklen knoten, in dem viele haarnadeln platz finden, unsichtbar werden, so wie du, ein knoten, der einen punkt setzt, hinter all diese tage, hinter einen kurzen satz mit wenig inhalt, einen satz, den du von klein auf kennst, ein satz, der dir deinen neu gewonnenen mut nimmt, dich klein macht, *poor alice*.

noch hast du dich, hast du deinen körper unter kontrolle, bleibst in bewegung, die erinnerungen an die reise blitzen immer wieder auf. dann gehen dir die sätze leicht über die lippen und du schreibst an annie oder sarah, brieffreundschaften aus deiner kurzen schulzeit, schreibst über bekannte und freundinnen, über all die frauen um dich herum, die heiraten, eine bindung eingehen fürs leben, für dieses einzige leben, mit männern, die sie kaum kennen.

du nimmst anteil, tatsächlich aber verachtest du diese männer, *these flimsy baron's who are always on hand to be converted into husbands*. jedes dieser paare scheint dir ein unvollständiges mosaik, hier und da fehlt ein stein, eine fuge, die sprache wird es nicht richten, auch kein großes vermögen, vielleicht kinder, von liebe spricht sowieso niemand. ein weiteres mal bist du froh, am rand zu stehen, nicht in frage zu kommen. die wenigen annäherungen, die es in deinem leben gibt, blockst du sofort ab, lieber tauchst du weiter ein in diesen weiblichen kosmos aus briefen, du liest und antwortest und schüttelst den kopf, das ist nicht deine welt, das wird sie nie werden, für dich haben andere dinge bestand, *the only thing which survives is the resistance we bring to life*, und plötzlich fühlst du dich gar nicht mehr so arm, so bemitleidenswert, zumindest in manchen momenten.

mit aller kraft versuchst du deinen tagen einen inhalt, eine struktur zu geben, willst cambridge und boston für dich neu entdecken. nach elizabeth peabody lernst du nun auch anna eliot ticknor kennen. sie erzählt dir von ihrem vater george, der die erste öffentliche bibliothek in boston gründete, was für eine großartige idee, denkst du, wissen in form von büchern allen zugänglich zu machen. du bewunderst ihn und seine frau anna, die einen literarischen salon unterhält. von klein auf ermöglichen sie ihrer tochter, was dir verwehrt blieb, lassen sie mit büchern aufwachsen, setzen ihrem denken keine grenzen, ermutigen sie zur eigenständigkeit. dein vater dagegen wollte dich immer von bildung fernhalten, so etwas absurdes, dir diesen zugang zu verweigern, dich auszuschließen, in einem haus voller bücher und intellektueller debatten. es tröstet dich kaum, dass du nicht die einzige bist, dass viele frauen in deinem alter dein schicksal teilen und zu hause sitzen: stick- oder stricksachen als vermeintliche arbeit im schoß. nach außen wirken sie beschäftigt, innen dreht das gehirn auf hochtouren, drehen sich die gedanken um die vergangenheit, was alles hätte werden können, selten um die gegenwart, noch seltener um die zukunft. du weißt genau, wie es all diesen frauen geht, weißt es nur zu genau.

anna eliot versorgt diese frauen mit bildung, aber ohne großes tamtam, ohne jemanden vor den kopf zu stoßen oder gar für unruhe zu sorgen. sie richtet kleine zirkel ein, gründet 1873 die *society to encourage studies at home*, getragen von frauen, die ihr wissen an andere frauen weitergeben, bücher verschicken, aufsätze lesen und beantworten, sorgsam auf papierbögen schreiben, umschläge beschriften, kleine abhandlungen hineinfalten, frauen, die an ihrem schreibtisch texte formulieren, die frauen an einem anderen schreibtisch lesen werden, frauen, die fragen zu geschichte, kunst, naturwissenschaft und literatur beantworten, in ihren eigenen worten den lauf der welt erklären, eine stille universität in briefen, *the silent university*, getragen vom warmherzigen ton der frauen untereinander, von einer stummen solidarität. die adressatinnen hören erstmals die namen brontë, fuller und stowe, lesen auszüge aus *jane eyre* oder *onkel toms hütte*, dazu texte von emerson, hawthorne und thoreau, die du ja schon von zu hause kennst, und mit dem öffnen der briefe stellt sich ein gefühl der freiheit ein, was für ein geschenk, lesen und schreiben zu dürfen.

es ist fanny, die dir schreibt. nicht, um dich mit essays oder aufsätzen zu versorgen, nein, um dir eine frage, eine schlichte, einfache frage zu stellen. ob du nicht auch eine lehrerin werden willst, *manager*, wie anna eliot sie nennt, und ob nicht geschichte als lehrfach für dich in frage käme, für dich, die du politisch so interessiert bist. du liest die zeilen, liest wieder und wieder, dein herz klopft. du legst den brief vor dich auf den schreibtisch, hörst deinen puls, und wie er deine gedanken vor sich hertreibt, vielmehr deine zweifel, denn wie soll das gehen, du, alice, die du nur kurz auf einer schule warst, nie auf einer universität, du, alice, von der alle sagen, dass sie maßhalten muss, nicht nur körperlich, sondern auch im denken, alice also, die immer wieder ins dunkel fällt, begrenzungen verliert, alice, deren körper sich mal winzig und mal riesig anfühlt, die aus dieser welt herauskippt, sich in absurden szenarien wiederfindet, so als ob lewis caroll im hintergrund die fäden zöge.

du schließt die augen, legst deine stirn auf den tisch, versuchst tief luft zu holen, die geknöpfte line im rücken, ein weiches auf und ab dieser schwarzen kleinen erhebungen, die den schlag deiner lungenflügel zu einem schattentheater machen. du bleibst lange so sitzen, dein körper geneigt, der winkel schwer bestimmbar, du spürst deine gespannten sehnen, die halswirbel unter deinem knoten, spürst, wie die luft über den frei liegenden nacken zieht, und lässt die augen weiter geschlossen, wartest, dass dein körper dir antworten gibt. du bist überrascht von dir selbst. keine panik, kein rasen in dir. stattdessen breitet sich ruhe aus, dein puls wird langsamer, das herz bleibt leise. da ist ein warmer, weißlichter punkt tief in dir, dort wo sonst das dunkle aufreißt, wächst auf einmal etwas, wächst in dir hoch, gibt dir halt, lässt deine augen leuchten. du, alice, ja, warum eigentlich nicht, du, alice, die du so viel gelesen hast, und so gern briefe schreibst, warum sollst du nicht teil dieser gesellschaft werden? und deine hand greift entschlossen zu einem bogen papier, legt ihn vor sich, tippt mit der feder kurz in die tinte, ins blaue hinein, und schreibt diese dir so lieben worte *my dear fanny*.

und du fängst an. sitzt an deinem schreibtisch, schreibst briefe. nicht mehr an vater, mutter, nicht an william oder henry, auch nicht an fanny. nein, du schreibst an frauen, die etwas über die geschichte des landes in den letzten jahrhunderten wissen wollen, über die vergangenheit, die in euch allen steckt. frauen, die ihre wurzeln irgendwo in europa haben, von großmüttern übers meer getragen worden sind, in eine andere zukunft, die der deinen so ähnlich ist, ohne dass jemand es ahnen konnte. frauen, die am schreibtisch deine briefe öffnen, du stellst dir vor, wie sie dort sitzen, einen brieföffner zur hand nehmen, ihn vorsichtig in den kleinen spalt unter der oberen kante einschieben, dann das geräusch, das trennen von umgekantetem papier, und eine hand, die die briefbögen hervorholt. du arbeitest hart für diese briefe, dreißig bis vierzig stück pro monat werden es sein, geschrieben in der angst, nicht genug zu wissen, nicht gut genug für diese arbeit zu sein. und wieder spürst du vaters argusaugen im rücken, spürst seinen zweifel an dir, an dieser idee, die dir freiraum gibt, nicht nur im denken, sondern auch in deinem alltag, dann, wenn du briefe zur poststelle bringst, fein verklebt, auftakt zu einem gespräch, einer unterhaltung, aber nicht mehr mit ihm oder deinen brüdern, sondern mit frauen, die dir zuhören, die fragen stellen und deine antworten lesen.

die frage treibt dich schon seit jahren um. immer wieder kauert, lauert sie im dunkel deines denkens, auch an diesen hellen tagen, und je mehr du dich ihr zu entziehen versuchst, desto mehr gerätst du in ihren sog. es geht um deine existenz, um den sinn deines lebens, um moralische werte, die dein denken geformt, gelenkt haben, das nun einrastet bei dieser frage, nicht weiterkommt, denn wer kann schon eine frage dieser tragweite beantworten. niemand. niemand außer vater. also steckst du die frage in eine deiner kleidertaschen, trägst sie mit dir, hältst sie in deiner hand verborgen. hast angst vor seiner antwort, seinem durchdringenden blick, dem moment, wenn seine stimme anheben und deinen namen sagen wird. alice. und doch, du wirst ihm diese frage stellen. dein körper lässt dir keine andere wahl. leichter als gedacht kommen die worte über deine lippen, deine füße in diesem moment auf dem boden, der tag eine ebene, auf der du sicher zum stehen kommst und du formulierst klar diese eine frage, die dich umtreibt: kann selbstmord der sinn meines lebens sein?

die zeit stellst du dir als einen gekrümmten raum vor, gebogen wie eine wimper, gerade groß genug, dass ein lidschlag darin platz findet. und mit jedem schlag verschwimmt dein sichtfeld zu einem lichtstreifen aus einzelnen schlieren, bevor die welt in dunkelheit versinkt. wieder auftaucht. vom kopf an. da capo. infinit. das dunkel deiner wimpern ein versuch, die dinge zusammenzuhalten. den tag, die zeit, dich selbst. du wartest. wartest lange. sitzt aufrecht auf dem stuhl, vater dir gegenüber, um euch die bibliothek. regal um regal gefüllt mit büchern, mit seinen lieblingen. allen voran: emanuel swedenborg. vaters augen sind geschlossen. die deinen aufgerissen, weit, wie die löcher in deinem hirn, die du so fürchtest, die so tief, so randlos sein können. dann vaters stimme. er spricht in den raum, spricht in die bibliothek, als ob dort eine ansammlung von leuten säße, unsichtbare, geister, vielleicht swedenborgs engel. du hast heimlich in den *himmlischen geheimnissen* gelesen, aber das sagst du nicht, vor allem nicht jetzt, in diesem moment, wenn dein vater spricht. du rechnest mit allem. rechnest mit wut, mit ärger, mit hohn, mit gemeinheit. nimmst eine schutzhaltung ein, wappnest dich für seinen angriff. aber dann blickt er dich verständnisvoll und zugewandt an. die nähe zwischen euch ist roh und unverbraucht, macht dir angst. eine neue, unbekannte angst. und du hast mühe zuzuhören, der bedacht formulierten antwort deines vaters zu folgen.

in seinen augen, weit offen nun, siehst du den himmel. swedenborgs himmel. vorsichtig begegnest du vaters blicks, tastest mit deinen augen die sanft gebogene, gläserne oberfläche seiner pupillen ab. er nimmt dich an die hand, spricht leise, eindringlich. satz für satz erklärt er dir swedenborgs himmel, die geister, die engel, erklärt, wie sie wohnen, wie sie miteinander verkehren, teilt dir deinen platz in diesem universum zu, als ob du wissen solltest, worauf du dich einlässt, wenn du aus diesem leben gehst, eine neue tür öffnest, deinen raum, dein bett verlässt, und du sitzt reglos auf deinem stuhl, wie ein kleines kind. du kennst einzelne passagen, aber jetzt, in der stimme deines vaters klingt alles anders. du schluckst. spürst die bewegung in deinem hals, das verengen deines gaumensegels, das dröhnende auf und ab deines kehlkopfs, schmeckst spucke, die auf deinem zungengrund kleben bleibt, zusammen mit den wörtern deines vaters, der plötzlich von freiheit spricht, und deiner aufgabe, so sanft aus dem leben zu gehen, dass weder schuld noch trauer aus deiner handlung entstehen können. seine antwort auf eine frage, die du nicht gestellt hast.

langsam fallen die letzten worte deines vaters in deinen schoß. vereinzelt. wie tränen haben sie kaum gewicht. deine hände lässt du gefaltet, nickst vorsichtig beim gedanken an deine neue freiheit, spürst dein im rücken zugeknöpftes kleid. dein kopf neigt sich leicht in richtung deiner brust. du willst fragen, wie das vonstatten gehen soll, willst wissen, wie man sich selbst aus dem leben nimmt, ob es jemanden gibt, der dir zur seite steht, jemanden, der dir dabei hilft, der dich sanft aus diesem leben nimmt, ihm so endlich sinn verleiht. aber du fragst nicht weiter, lässt vater reden, der sich jetzt wieder in seiner welt der engel einrichtet, die vorzüge von swedenborgs geisterwelt schildert, wo zimmer und wohnungen aneinanderstoßen und große städte bilden, einen übergang in den himmel oder in die hölle, den auch du durchschreiten musst, und beim wort geister zuckst du zusammen. du denkst an henry, der goethe liebt, und an die geister, die du nie riefst, weil sie immer schon da waren, dich ängstigen, sodass dir kein einziger satz mehr gelingt, keine bitte, keine frage, nur das wimmern der vokale und konsonanten zu hören ist. du fällst ins außersprachliche.

1878

dreißig wirst du jetzt. das gespräch mit vater hast du längst vergraben, lässt es ruhen. du schreibst und liest weiter briefe, organisierst zusammenkünfte für anna eliot und ihre gesellschaft, du beginnst sogar zu reiten und eine kutsche zu lenken, die vater dir zu deiner großen freude schenkt. dieser phaëton, ein kleines, zweiachsiges gespann, lässt dein herz schneller schlagen. du lenkst ihn durch die straßen von boston, allein oder mit vater an deiner seite, der es sich nicht nehmen lassen will, auf dich zu achten, aber du gibst die zügel nicht aus der hand, genießt den fahrtwind in deinem gesicht, das klappern der hufe vor dir, so eine schöne geschwindigkeit, eine dynamik, die auf dich überspringt, dich an die zeit in europa erinnert. dreißig jahre. weitere dreißig vor dir, vielleicht, du hast keine vorstellung von deiner lebenszeit, keine vorstellung von der zukunft. jetzt, mit dreißig, da auch die letzten unverheirateten in deinem umfeld ihren platz finden, unter die haube kommen, wie man sagt, ihre haarpracht mit einem hütchen garnieren, der mode deiner zeit entsprechend. immer wieder tauchen männer aus dem nichts auf, stehlen deine restlichen freundinnen, so empfindest du es zumindest, und natürlich, du trägst keinen hut, kein hütchen, nichts keckes, das passt nicht zu dir.

sich spiegeln. das eigene selbst spiegeln. das vermeidest du. lange zeit versuchst du, dir selbst zu entkommen. immer wieder, durch die jahrzehnte, fliehst du vor deinem eigenen abbild. und dann ist es doch plötzlich da, anders als erwartet. hinter den spiegeln taucht eine frau auf, die deinen namen trägt, ausgestattet mit möglichkeiten, die dir nie offenstanden: dein bruder william heiratet alice gibbens, tauscht dich kurzerhand gegen diese neue alice aus. fortan schreibt er dir keine sonette mehr, auch seine briefe richtet er nun öfter an die andere alice, und spielt doch weiter mit deinen gefühlen, deiner zuneigung, lässt dich am ausgestreckten arm verhungern. pragmatisch und klug ist sie, gesund und stark, so wie du nie warst, nie sein wirst, eifersucht schiebt sich in deinen blick, dein körper gerät dir rasend schnell zur niederlage, du brichst ein, kriechst ins bett, stemmst hände und füße gegen den rand, sodass du das pochen deines bluts spürst, dein inneres metronom, ein monotones trommeln.

william zögert, zaudert zunächst als dein vater ihn im *radical club* auf alice aufmerksam macht. im grunde ist er genauso unsicher wie du, alice, aber er ist ein mann, seine situation ist anders, nicht vergleichbar mit deiner. und alice, die andere, die neue, vernünftig und bedacht, willigt ein in eine art gefühlstest und verlässt das land für eine zeit, verlässt deinen bruder, um ihm denkraum zu geben, sie selbst ist sich schon im klaren, und selbst als william ihr von seinen depressionen, von seinen angstzuständen erzählt, die den von dir späteren beschriebenen zum verwechseln gleichen, die andere alice lässt sich nicht abschrecken, kehrt zurück, wird die frau deines bruders als du ins dreißigste jahr brichst. und während vater, mutter, brüder sie in den bund der familie aufnehmen, verweigerst du dich dem glück deines bruders. gehst an der seite eines mannes, einer frau, weiter willst du nicht denken. denn auch du sehnst dich nach nähe, nach berührung, nach diesem flaum feiner härchen auf einer wange, in weiches gegenlicht getaucht, wie du es schon oft beobachtet hast, bei fanny oder katharine. stattdessen lauschst du wieder dem schmerz nach, das kannst du gut, darin hast du übung. jeder schmerz hat klang, hat farbe, eine eigene topografie entlang deines körpers, einzelne wegstrecken, von oben nach unten und unten nach oben, über haut, durchs blut, durch dein hirn. aber darüber sprichst du nicht.

antwortest auch nicht, als henry weiter seine briefe schreibt, wissen will, wie er dich und alice zukünftig nennen, also unterscheiden soll. für dich gibt es nichts zu benennen, ihr seid so gegensätzlich, dass es keiner namen bedarf, seid der positive und der negative pol, du natürlich das minus, dein mund ein strich. die aussicht, nur noch schwester zu sein, nie mehr die bewunderung deines bruders zu spüren, nur noch mehr bedauert zu werden, *our alice*, *our poor alice*, und dass es so nicht weitergehen kann, auch das denkst du, aber es passiert genau das, es geht immer so weiter. alice bekommt kinder, eins nach dem anderen, wird die starke frau an der seite deines bruders, gibt ihm halt und ruhe, all das, was auch du brauchst, dir so sehr wünschst. nun bist du die letzte im haus, und auf all die offenen fragen antwortet dein körper mit komplettverweigerung. du beginnst wieder von vorn, starrst in die nacht.

so dunkel war es noch nie. dein körper einmal mehr behausung für das böse, *the evil*, so nennst du das, so hast du es von vater gelernt, so steht es bei swedenborg. *I do not set my life at a pin's fee and for my soul, what can I do to that being a thing immortal as itself?*, liest du in hamlet, notierst dir die passage, fragst dich, warum dir so wenig liegt an deinem leben und du ihm doch kein ende setzen kannst. *why, what should be the fear*?, du notierst auch diese zeile, verstehst sie, aber findest keine antworten für dich selbst, *go on, I'll follow thee*, hast nichts und niemanden, der dich durchs dunkel winken würde. also schließt du die augen, ziehst dich zurück in dein bett, deine begrenzung, die dich ohne fragen aufnimmt.

diesmal sind es die beine. du bist gelähmt, kannst dich zeitweise nicht bewegen. zwei seltsam steife gebilde machen nun den unteren teil deines körpers aus. abgekoppelt vom rest, als ob jemand sie nachträglich angebracht hätte, ohne dass sie ihrer aufgabe gerecht werden könnten. so wie bei deinem vater, denkst du in den wenigen sekunden der helligkeit. dann, wenn er an deinem bett sitzt, seine sorge um dich auf dem schoß, ein ratloser alter mann. du siehst, wie er mit seinem holzbein langsam den raum durchgeht, bist an seine gangart gewöhnt, an die leise unwucht seines körpers. das bein wurde ihm vor langer zeit nach einer verbrennung amputiert, du weißt nicht mehr, wer euch die geschichte erzählt: dreizehn jahre ist vater als es passiert, er will ein flüchtiges feuer in seines großvaters scheune mit dem fuß ausstampfen, die wenigen funken im stroh sofort ersticken, aber genau das gegenteil geschieht, einer seiner schuhe fängt feuer, terpentin klebt noch auf dem leder, entflammt sofort, das feuer frisst sich in seine hose, frisst weiter, die hose brennt lichterloh, das stroh ein leuchtender kranz um ihn, darin dein vater, der sich auf den boden wirft, sich in seinen eigenen schreien wälzt. drei lange jahre ist er ans bett gebunden, aus dem leben genommen, auftakt zu einem anderen leben, zu anderen fragen, aber all das kannst du nur erahnen, dein vater spricht nicht darüber, niemals, auch jetzt nicht an deinem bett.

du bist dankbar, bist froh, dass vater und mutter sich einfinden, immer wieder, dich endlich zum mittelpunkt ihres alltags machen, in briefen an ihre söhne von deinem zustand, von *poor alice* berichten, von ihrer großen sorge um dich. die welt aber, sie dreht sich weiter, um sie herum planeten, du nennst sie brüder, und du nun die dunkle sonne darin, zu nah kommt dir keiner, nicht einmal henry, weit entfernt, in europa, skizziert er die ersten frauenbilder in porträts, *daisy miller*, diese schöne, nicht zu bändigende junge frau, die auf gesellschaftliche zwänge nichts gibt, sofort erkennst du deine cousine minny temple in ihr, und wie groß ist dein schock als auch sie im bett landet, gerade vierundzwanzig jahre alt, sie, die so gut in das bild eurer zeit passt, äußerlich. innerlich verkümmert sie genauso wie du. minny temple liegt in ihrem bett, dreht sich zur wand, zeigt dem leben ihren rücken. stirbt. stirbt leise. etwas, das du nicht kannst, nicht schaffst, noch nicht.

irgendwann ist sie da. was für ein gefühl, plötzlich jemanden an deiner seite zu haben, jemanden außerhalb deiner familie, der deine gesellschaft sucht. katharine loring ist anders, anders als fanny, anders als minny, in vielem auch anders als du. in manchem aber gleicht ihr euch. ein strenger mensch ist sie, auf den ersten blick. die haare straff nach hinten gekämmt, kurz über dem nacken fest in einen dutt geknotet. klugheit und ernst sind ihr ins gesicht geschrieben. wenn andere frauen den blick verschämt nach unten wenden, blickt katharine wie du ihrem gegenüber geradewegs ins gesicht, egal ob mann oder frau. und auch katharine ignoriert moden, sie steckt in einem hochgeschlossenen kleid, gestärkt, bis obenhin geknöpft, ihre aufrechte haltung verrät eine unbeugsamkeit, die dich anzieht. vielleicht sind es ihre vorfahren, die vielen seefahrer und ihre geschichten, untergegangen im meer der zeit, die sie so frei, so unabhängig machen, vielleicht auch der frühe verlust der mutter, der dir noch bevorsteht, oder die tatsache, dass katharine das älteste kind ist, für alle anderen verantwortung trägt. katharine wird groß in einer juristenfamilie, ihr eigenes recht, den zugang zum wissen eurer zeit muss sie sich dennoch selbst erkämpfen, das macht euch zu gefährtinnen.

ihr seid ein verschworenes paar, katharine und du. die lust am lesen, ein unstillbarer wissensdurst verbindet euch, schirmt euch nach außen ab. du kennst katharines schmale hände genau, weißt, wie die linien ihrer adern verlaufen, wie sie sich aus dem handknochen unter der haut in ihre dünnen finger graben, bläuliche zeichnungen, die in den spitzen verschwinden. heimlich beobachtest du katharines hände, immer wieder, wie sie in büchern blättern, vorsichtig und energisch, wie sie jahreszahlen und ihre bedeutung durch die luft dirigieren, katharine vor dem pult, die hände in bewegung, die augen zusammengekniffen, stets darum bemüht, umrisse klar auszumachen. schon als kleines kind sieht sie schlecht, verschwimmen wörter für sie zu schwarzen schlieren, lösen sich zeichen und bezeichnetes auf. katharine lässt sich nicht entmutigen, probiert neues aus, neues wie die blindenschrift, von der erzählt wird, dass ein junger franzose names louis braille, selbst blind, sie im alter von gerade mal sechzehn jahren entwickelt hat. und stirbt, ohne erlebt zu haben, wie sich seine idee tatsächlich durchsetzt. an deiner seite berührt katharine die welt mit fingerkuppen, jeder text bekommt eine haptik, wird ertastbar, erspürbar, auch wenn das augenlicht verlischt.

es ist katharine, die dir die augen weiter öffnet, dich vertraut macht mit einer welt, die dir vorher großteils verschlossen blieb. eine welt, die zwischen den seiten von büchern angesiedelt ist. als du katharine kennenlernst, arbeitet sie wie du für anna eliot, für die *silent university*, schreibt aufsätze und essays über amerikanische geschichte, fasst jahreszahlen und historische ereignisse in wenige sätze, immer die adressatin bedenkend, schreibt sich durch jahrhunderte, an einem stehpult, der rücken stets gerade, durch ihren kopf rattert haltlos die geschichte, bis zum bürgerkrieg, bis in die eigene kindheit, bis zum eigenen schmerz, zum verlust, aber katharine verzieht keine miene, gibt nichts von sich preis, nicht einmal dir gegenüber, ihr kleid eine harte schale, schwarz, ehern, als ob jemand sie in dieses kleid gegossen hätte, eine makellose skulptur, der faltenwurf kaum auszumachen.

anfangs begegnet ihr euch selten. dein radius ist klein, überschaubar, wenn du glück hast, liegt katharines arbeit bei anna eliot innerhalb dieses kreises, dessen innerster punkt du selbst bist. jeden tag setzt du die nadel des zirkels neu an, setzt sie in dein *microscopic field*, suchst dort die mitte, wartest, ziehst mit der grafitspitze einen kreis, eine dünngraue linie um dich selbst, du forderst dich selbst auf, wenigstens einmal bis zum äußersten rand zu gehen, und wenn du glück hast, trägt dich dieser kreis bis zum abend und bis zu katharine. du liebst die tage, an denen du sie sehen, ihr mit den augen folgen kannst, ihre stimme vernimmst, klar und deutlich. ihre anwesenheit lässt dich leicht werden, dich selbst vergessen, ein seltenes gefühl. und du siehst katharine an, blickst ihr direkt ins gesicht, dein körper ein lächeln, und keine fragen in dir, hebst deine stimme aus deiner brust, die eröffnung eines gesprächs, einer diskussion mit katharine, die dir zuhört, mit der für dich eine neue zeit beginnt.

später seht ihr euch öfter, katharine wird teil deiner familie, gemocht wird sie nicht. vater, mutter, tante kate reagieren zurückhaltend, william ablehnend: katharine ist ihnen suspekt, geradezu unheimlich. vielleicht ist es ihr blick, das unerschrockene, sicher auch ihre bestimmtheit, dich in beschlag zu nehmen, an deiner seite zu sein. katharine kennt keine zweifel. allein ihre art, im salon auf einem stuhl platz zu nehmen, ihre haltung im sitzen, die hände ruhig und bedacht im schoß, ihre augen zwei dunkle minerale, ihre stimme leise, unerbittlich. und william ihr gegenüber, der seinem unmut freien lauf lässt, vielleicht auch seiner eifersucht, seiner irritiation über euch beide, über die beziehung zwischen euch. er will katharine provozieren, auf die probe stellen, aber sie bleibt unnachgiebig, ein stück granit, dunkel und hart, an dessen kern nur schwer zu kommen ist, der sein glimmen nur dir offenbart. william kann nichts ausrichten, und mit zunehmender zeit will er es auch nicht mehr, seine anfänglichen bedenken weichen offener dankbarkeit.

wie so oft ist es henry, der mehr als alle anderen versteht, nicht nur katharines wesen, sondern auch, was sie für dich bedeutet. der mit wenigen blicken den abstand zwischen euch ausmisst, den inneren und den äußeren. und vielleicht früher als ihr beide eure zuneigung zueinander nachvollziehen kann, der aus seiner eigenen welt heraus partei für euch ergreift, sich trotz seiner zweifel an eurer beziehung stark macht für frauen, die ein gemeinsames leben führen wollen. auf hunderten von seiten entwirft henry leise utopien des zusammenlebens, spinnt zarte geschichten von alleinstehenden frauen, webt sie über den atlantik, ein feines beziehungsgeflecht, das auch euch beide verbindet, zusammenhält, skizziert die idee eines anderen lebens, das nicht von einer ehe, sondern von selbstbestimmung, von körperlicher und intellektueller freiheit geprägt ist. und rückt euch ins licht, die damen von boston, *the bostonians*, während er selbst zurücktritt, allein im dunklen verweilt, seine liebe mit niemandem teilt.

lange jahre weiß niemand etwas von der heimlichen sehnsucht deines bruders, einen mann zu lieben. lange jahre weiß henry das vermutlich selbst nicht, vergräbt diesen wunsch tief in seinem inneren. nur du, alice, hast manchmal eine ahnung, warum er allein bleibt, ein begehrter junggeselle all die jahre, auch auf der anderen seite des atlantiks, in london und später in rye, als die ersten erfolge sich einstellen und henry zu einer abendgesellschaft nach der anderen eingeladen wird, anlässe, bei denen frauen ihm kess in die augen blicken, ihr dekolleté einladend zugewandt, weiße haut vorteilhaft im kerzenlicht, die ansätze einer brust sichtbar, darüber colliers, den verlauf eines weiblichen nackens betonend, und henrys interessierter blick, minutiös aufzeichnend, frau um frau, ihre haltung, ihre art, sich zu bewegen, ihren kopf während eines gesprächs zu halten, die tonlage der stimme, die beschaffenheit ihres gesichts. aber nicht etwa aus einer körperlichen begierde, einem sexuellen verlangen heraus, nein, um seiner literatur, einer akribisch genauen studie der weiblichkeit willen. henry skizziert ein porträt nach dem andern, skrupellos gelassen schreibt er seine abendlichen beobachtungen in die handlungen seiner romane ein.

du aber rückst katharine ins zentrum deiner welt. machst sie zu deiner sonne, um sie herum nur ein planet, du selbst, trabantin, ein kreisendes dunkles etwas, vielleicht aber auch ein asteroid, der deinen vornamen tragen und

1890 entdeckt wird, alice zwei neun eins, ein himmelskörper, sternartig, wie du selbst manchmal gern wärst. aber jetzt ist katharine da, sie steht am fußende deines bettes, eine hagere gestalt, lächelt dich an, streckt dir ihre hand entgegen, öffnet türen, die du so gern verschlossen hältst, den raum, in dem du seit jahren ins dunkle wächst. mit katharine fällt auf einmal licht durch den schlitz unter der tür. du ergreifst ihre hand, setzt dich in deinem bett auf, die nackten füße auf dem boden, folgst katharine durch die offene tür, packst erst einen koffer und noch einen, packst kleider und bücher ein, ziehst deine schnürstiefel an, die festen, in denen du länger gehen kannst, machst dich mit katharine auf den weg, auf eine reise, erst durch die staaten, später über den atlantik, zu henry, nach london, du kannst dein glück kaum fassen.

ihr beide ein paar. und niemand um euch, der das in abrede stellt. henry wird später über eure *boston marriage* schreiben, euch zur blaupause für olive und verena machen: neue frauen, über die man sich raunend und flüsternd unterhält. einmal mehr also lieferst du ihm stoff, ohne es zu wissen, mit jedem einzelnen deiner sätze. und je näher katharine dir kommt, desto mehr entgleitest du henry. schleichend schwindet eure vertrautheit. anfangs bleibt henry noch an deiner seite, begleitet dich und katharine, zeigt seine freude über dein gutes befinden, deine neugier. ist froh, katharine mit dir zu sehen, versteht schnell, dass da kaum noch platz für ihn ist. manchmal spürst du seinen sanften, aufmerksamen blick, auch sein bedauern, fortan auf sich zurückgeworfen zu sein. du bewunderst katharine, *a most wonderful being*, ein idealbild für dich, *nothing she cannot do from hewing wood & drawing water to driving run-away horses & educating all the woman in north america.* und je mehr platz du ihr in deinem leben einräumst, desto weniger raum nehmen deine brüder ein, die diese veränderung zunächst irritiert, dann zusehends verletzt zur kenntnis nehmen.

du liest zeitungen, diskutierst mit katharine über englische und amerikanische politik, interessierst dich für die irische frage, wanderst durch die straßen londons, angst hast du nur noch selten. manchmal holt dich deine krankheit ein, wirft dich abrupt aus dem tag. aber immer dann reagiert katharine intuitiv richtig, fängt deinen körper auf, dirigiert dich in richtung ottomane oder bett, mit einer vorsicht, die dich fast schmerzt, einer vorsicht, die vielleicht ein anderes wort für liebe ist, und du spürst ihre hände unter deinen armen, ihre sehnen, ihre kraft, die jeder laune deines körpers gewachsen ist. je schwächer du wirst, desto stärker wird katharine. selten ist sie dir so nah wie in diesen dunklen momenten, wenn sie nur ein schemen am rand deines blickfelds ist, ihre stimme eine nachricht aus einer anderen welt, und du wieder im bett, in deiner begrenzung bist, diesem festen rahmen, den du von klein auf kennst.

der traum schlägt durch, schlägt eine bresche, einen dunklen pfad in die nacht. du läufst barfuß über deinen körper, vom bauchhügel an, läufst durch das gebirge deiner brüste, diese hautberge, die dir fremd sind, immer noch kein licht, und du läufst weiter, suchst einen eingang, einen ausgang, suchst einen weg zu dir selbst. im traum schlagen die wipfel der tannen über dir zusammen, ein sarg aus wald, ein rauschen in deinen ohren, das ins blut übergeht, du hast keine ahnung, wo du bist, an welchem der vielen orte deiner kindheit, und aus den nadeln formt sich ein fester stoff, eine dichte decke, die sich auf deinen körper legt, ihn fast schon liebevoll bedeckt, und erst jetzt verstehst du, dass diese decke, dieser vorhang dich ersticken wird, immer schneller und flacher atmest du, als ob du dich aus dir selbst hinausstoßen wölltest, bis katharines stimme hörbar wird, eine bresche ins licht, einen hellen pfad in den tag schlägt.

1882

mutter stirbt, deine mutter stirbt. stirbt in den winter, in das weiß eines hohen schnees hinein. dir kommt die zeit abhanden, du verlierst dich in der vielzahl der aufgaben, die auf dich wartet, nach deiner rückkehr aus england kommt mutter dir näher, richtet ihren blick auf dich, und du, du bist erstaunt. siehst ihre gebrechlichkeit, spürst ihre hilflosigkeit und beginnst, den haushalt zu führen, während sie sich ausruht, zu schlafen versucht, jäh unterbrochen vom beben ihrer bronchien, das den schweren körper ruckartig in die luft hebt. die verzweiflung deiner mutter, sich nicht mehr unter kontrolle zu haben, nicht mehr herrin ihres hauses geschweige denn ihres körpers zu sein. du versuchst sie zu beruhigen, sitzt an ihrer seite. erstmals verbindet euch etwas: das kranksein. jetzt hältst du mutters hand, legst deine andere vorsichtig auf ihre brust, auf den glänzenden stoff ihres mieders, spürst dieses schwere auf- und abatmen, atmest dich ein, atmest mit ihr, schließt langsam die augen, erst die deiner mutter, dann die deinen.

holst wieder luft, beginnst zu räumen, im haus, in deinem hirn. kehrst erinnerungen an die oberfläche, ziehst bilder, gespräche aus dir hervor, fügst sie zu einem mosaik zusammen. fehlende stücke ersetzt du nach deiner vorstellung. und endlich hast auch du eine mutter, die ihr kind so annimmt, wie es ist, die zwischen söhnen und töchtern keinen unterschied macht, die all ihre kinder auf gleiche art und weise liebt, allen das gleiche ermöglicht, eine mutter, die dich beruhigt, dich sanft in den arm nimmt, die deinen verschlag öffnet, die keine angst vor deiner zukunft hat. auch dein verhältnis zu vater ändert sich, von seiner rast- und ruhelosigkeit ist nichts mehr zu spüren, in gedanken hat er bereits eingang in swedenborgs welt gefunden, in diesen wunderbaren himmel, wo deine mutter auf ihn wartet. das haus wird größer und stiller, es wächst, aber du wächst nicht mit. ihr verlasst dieses haus, gemeinsam geht ihr den nächsten schritt ins unbekannte, ihr habt keine andere wahl.

mount vernon street ist euer neues zuhause, vielmehr dein zuhause, dein vater nimmt es nicht mehr richtig wahr. schön liegt der klinkerbau auf einer anhöhe, die dunkelroten dächer eine sanfte linie hinab zum charles river, die wenigen stufen hoch zur großen tür eine einladung, du magst diesen ort sofort. du bist froh, dass der haushalt überschaubar ist, dass du keine hilfe in anspruch nehmen musst. dein körper funktioniert jetzt, auch ohne anweisungen. du kümmerst dich um vater, der inmitten seiner bücher sitzt, die zeit wie eine alte katze um sich streifen lässt. er wird eins mit seinem alten schreibtischstuhl, und mit argwohn siehst du, wie er immer weniger wird, langsam schwindet, fast durchsichtig wird. du fragst dich, was werden wird aus dir, wenn vater nicht mehr ist, lebst immer nur mit dem horizont eines einzelnen tages, ein eintagsfliegenleben, so denkst du dir jeden morgen. du nimmst der zukunft den schrecken, indem du sie zu deiner gegenwart machst.

vater nennt dich nun manchmal mary, sieht dich mit so einem ausufernd liebevollen blick an, greift nach deinen händen, nach deinem kleid, greift nach einer vergangenheit, die du nicht kennst. und weiter bleibt er in seinem stuhl sitzen, dein zureden hilft nichts, er verweigert das essen, schüttelt beharrlich den kopf, wenn du mit einem tablett am anderen ende des zimmers auftauchst, nimmt weder festes noch suppen zu sich, ist auf der suche nach licht, so seine worte, und wehrt sich gegen das abdunkeln der räume. er zieht in die nähe des fensters, als ob er sich von helligkeit ernähren wollte, so eine seltsame form der askese, und je heller es in deinem vater wird, desto dunkler wird es in dir. warum es nicht aufhören kann, dieses wechselspiel von hell und dunkel, krank und gesund, gut und böse, und du immer auf der falschen seite, dieser gedanke treibt dich um. du kollabierst. zehn tage bleibst du liegen, ohne dich groß zu regen, unterbrochen nur von katharines besuchen, und auch du streckst deine hände aus, greifst nach katharines händen, nach ihrem kleid, greifst nach einer gegenwart, die ihr beide noch nicht kennt.

dank katharine stehst du bald wieder, nimmst den kampf gegen das sterben auf, gegen den tod. dein vater scheint dir unerträglich leicht. und manchmal stehst du einfach nur vor ihm, ruhig, verharrst, deine füße auf dem boden, dein blick gesenkt, und du siehst das muster des teppichs, geschwungene linien, pastellfarben, ein symmetrisches ordnungsprinzip, wiederkehrende kreise rund um deine füße ein kosmos aus gekürzten, gekappten fäden, tausenden von knoten und du denkst, dass dein hirn sich manchmal so anfühlt, wie ein geflecht, das dir jemand fremdes unter die schädeldecke geknüpft hat, deine nerven und synapsen dicht verwoben, ohne kettfaden, dein denken ein teppich, ein langer läufer durch dein hirn, und du läufst gegen deine eigene schädeldecke, gegen deine eigene existenz an, während deine füße ruhig auf dem boden stehen, licht in den raum fällt. du schließt die augen. vater, dein vater stirbt.

diesmal fällt es dir schwer. die feder liegt dir nicht gut in der hand, deine schrift ist ungelenk, fahrig, du zögerst, setzt an, setzt wieder ab, tauchst den kiel ins glas, tauchst ab, in deine kindheit. du versuchst dir henry vorzustellen, willst sein gesicht sehen, seine stimme hören, ihn an deiner seite haben, jetzt in diesem moment, in dem du ihm schreiben wirst, ihm erklären, dass er zu spät ist, dass er vater nicht mehr sehen wird, dass euer vater sich schon längst auf den weg gemacht hat, dass ihm die zuversicht ins gesicht geschrieben stand, und dass die beerdigung schon morgen sein wird, an einem tag nach diesem tag, also in der zukunft, die sich nun einfach zur gegenwart macht, acht ziffern zwischen eins und zehn in stein gemeißelt, das ist nicht nur ein datum, das ist eine zäsur, eine botschaft. du hast mutter und vater verloren, du, alice, nun allein, du willst hier raus aus diesem zimmer, aus diesem haus, *escape from the Alone, Alone! that echoed from the walls, rustled from the stairs, whispered from the walls*, dieses *allein*, das du von klein auf kennst.

du liegst im bett. während ein trauergast nach dem anderen erde auf deines vaters leib wirft, das dumpfe geräusch, der aufprall auf dem deckel des sargs zu hören ist, gebete die luft wiegen, stumm und zart, zeugen einer nie endenden zeremonie, liegst du im bett. liegst in gedanken, in deiner vorstellung, in deiner zuflucht. deine füße in schnürstiefeln, diesmal den schwarzen, spüren die gefrorene erde unter dir und du hörst nicht mehr, willst nicht hören, was gesprochen wird. auch nicht den wortlaut des briefes, den william an deinen vater schreibt, kurz vor seinem tod, den henry später öffnen und nach langem zögern vorlesen wird, als alles schon vorbei, die zukunft gegenwart ist, und henry allein am grab steht, diesem noch offenen erdloch, das leise, aber unerbittlich aufgeschüttet wird durch williams worte, seine geliehene stimme, in einer weißharten dezembernacht. henry lässt sich von der leere nicht einschüchtern, liest weiter, liest laut vor, den briefbogen in seinen händen, um ihn, verteilt auf gräbern, leuchtende grabkerzen, flackernde symbole des ewigen lebens.

gemeinsam ordnet ihr vaters erbe, er hat auch nach seinem tod ein auge auf dich, sorgt dafür, dass du finanziell unabhängig bleibst, weil es für dich keinen platz an jemandes seite gibt, er dir nicht zutraute, selbst für dein leben aufzukommen. du reagierst unwirsch, trotzig, willst kein geld, keinen unterhalt, zumindest nicht so, wie vater ihn für dich vorgesehen hat. du bekommst mehr als alle anderen, deine jüngeren brüder lässt er fast außen vor. in den langen momenten des sterbens hat er nie deinen namen erwähnt, wie seltsam denkst du jetzt, dass er nur von mary gesprochen hat, von seinen guten jungen, aber niemals von dir, das schmerzt dich, aber du weinst nicht, hältst deine tränen zurück, eine stille reserve für all das, was noch im verborgenen liegt. henry schüttelt den kopf, redet auf dich ein, erklärt dir, dass es nicht nur ein wunsch, sondern vaters wille sei, der genau bedachte letzte wille, und du denkst an swedenborg. um frei sein zu können, um frei zu sein im nichtsein, muss zuerst der wille erlöst werden. die gedanken drehen sich in deinem kopf, aber schließlich willigst du in in vaters letzten willen ein, was bleibt dir auch anderes übrig. auch du hast kein vertrauen zu dir.

die ersten tage nach vaters tod vergehen seltsam schnell. du schreibst briefe, einen nach dem anderen, die botschaft geht dir jetzt leichter von der hand. täglich schickst du telegramme und kurze nachrichten an bekannte deines vaters, korrespondierst über seine abwesenheit, schreibst, dass er nicht mehr da, an einen anderen ort gegangen sei, *that life not death had come to him*. die briefe geben seinem tod und deinem nichtleben endgültigkeit. du also nun ohne dieses feste gefüge, *the burthen of loneliness*, ohne mutter, ohne vater, diesen mann, der dein leben von klein auf bestimmt hat. der stets in sorge um dich war, ohne zu wissen, wer du eigentlich bist. und als ob jemand die fäden einer marionette abgeschnitten hätte, stehst du reglos vor dem spiegel und siehst dich selbst, alice. deine arme hängen an den seiten hinab, schlaff. deine hände nutzlos, wenn sie nicht schreiben. die beine versteckt unter deinem großen reifrock, in deinem rücken die geknöpfte linie, die am hals endet, deinen kopf nicht berührt. um dich herum nichts und niemand, dem du dich zuwenden kannst. es bleibt deine brust. ihr auf und ab im eigenen atemrhythmus. die einzige bewegung im raum. du hebst den kopf, betrachtest dich selbst, murmelst deinen namen, alice.

1883

du bleibst mit henry in der mount vernon street, ihr teilt euch die stille. auch ihr nun ein paar, *an harmonious little ménage*, wie henry schreibt. er schläft in vaters bett, kümmert sich um alles finanzielle. du bist niedergeschlagen, henry hingegen blüht an deiner seite auf, steckt dich mit seinem elan an. dass boston sich in eine stadt der frauen wandelt, in ein zentrum der frauenbewegung, begeistert ihn. die neugründung der *national woman suffrage association* verfolgt er genauso intensiv wie diskussionen um das frauenwahlrecht. du würdest gern aktiv werden, teil haben. traust es aber dir, deinem körper nicht zu. und freust dich umso mehr, als katharine teil der bewegung wird und die suffragetten unterstützt. freust dich auch, dass sie zusehends auf breite unterstützung bauen können: endlich ist in der öffentlichkeit von frauen die rede, von dem, was sie ausmacht, von den möglichkeiten, die ihnen offenstehen, mit oder ohne einen mann an ihrer seite. und du liest weiter von frauen, die mit schildern durch die straßen ziehen, in kurzen slogans ihre rechte einfordern, das recht auf arbeit, das recht auf eigenen besitz, das recht auf selbstbestimmung. von frauen, die der polizei die stirn bieten, frauen, die eigene entscheidungen treffen.

auch du triffst eine eigene entscheidung. deine nächste station, dein nächster raum wird *adams nervine asylum*. henry informierst du nur kurz, katharine erklärst du es länger. katharine, die nur noch wenig zeit für dich hat, weil ihre schwester, die einzige, an einer schweren lungenkrankheit leidet, so schwer, dass sie angst um ihr leben hat. deine eifersucht bringt dich selbst in rage, dieses irre ziehen und zerren in deiner brust, dieses herzgeblitze, das mit katharines abwesenheit aufzieht, in den tagen, wochen und monaten, in denen sie einer todkranken den vorzug gibt. in manchen momenten verstehst du das, und trotzdem lungerst du selbstvergessen in deinem schmerz, das haus brüllend leer um dich, kein henry mehr in der nähe, kein zustand auf dauer. bis du endlich diese entscheidung triffst, dir einmal mehr auf die spur kommen willst. *adams nervine asylum* also. ein ort, neu geschaffen für frauen wie dich. frauen, die als nervös, aber nicht als verrückt gelten. dreißig zimmer. dreißig frauen, die vorab ihren hausarzt überzeugen müssen, dass sie sich zwar rastlos und überreizt fühlen, aber keineswegs geistesschwach sind. so die aufnahmebedingung.

dir gefällt das haus. allein von außen. mit seinen viktorianischen türmchen und giebeln, der leicht anmutenden holzbauweise, den fein gesetzten schindeln und holzlatten, den schnörkeln und spielereien wirkt es wie ein übergroßes puppenhaus auf dich. und du erinnerst dich an die zeit, als du noch deinen raum verändert, wände herausgenommen und treppen ein- oder umgesetzt hast, erinnerst dich an deine kindheit, während du durch räume mit hohen fenstern wanderst. du lässt deine schmale hand über kühlen marmor gleiten, deinen blick in den park, durch hochgewachsene koniferen, über den gepflegten rasen. gehst weiter in dein zimmer, wartest auf briefe, auf nachrichten, wartest auf ein lebenszeichen von katharine oder von henry. setzt dich auf dein bett, stehst wieder auf, streichst das laken glatt, willst keine spur deiner anwesenheit hinterlassen, gehst ein paar schritte zum fenster und wieder zurück, wartest weiter. du bist neugierig, was dich erwartet, ob die behandlung anschlagen wird. ob sich eine bezeichnung für dein furioses dunkel findet. es klopft an deiner tür, an deinen körper also, und weit entfernt hörst du deine eigene stimme, ein zaghaftes *come in!*, das es gerade noch bis zur tür schafft.

wenig später gehst du hinter der krankenschwester gänge entlang, steigst treppen auf und ab, versuchst mit ihr schritt zu halten, dich von nichts ablenken zu lassen. das ist nicht einfach, zu gern würdest du mehr über die bilder, skulpturen und möbel wissen, die deinen weg säumen, dich den anlass deines aufenthalts vergessen lassen. aber nur kurz, bis du das behandlungszimmer betrittst, *the electric room*. und obwohl du bereits viele apparaturen gesehen hast, erschrickst du immer wieder beim anblick einer neuen. dunkles holz und metall, die vorstellung, darin eingespannt zu sein, lässt dich schaudern. dieses gerät ist größer als alle, die du kennst. vor dir steht der neue stolz der anstalt, die *holtz electrical machine*. du weißt wenig über diesen apparat, von elektrotherapeutischen verfahren hat man dir erzählt, aber noch hast du keine vorstellung davon. und stehst mit großen augen vor der maschine, staunst über die scheiben und windungen, gespannte gummibänder, in einem kasten aus glänzendem holz. klein fühlst du dich, noch kleiner als sonst.

du folgst den anweisungen genau. legst dich vorsichtig auf die holzbank. über dir eine angenehme stimme, die dir in ruhigem ton sagt, dass du dich entspannen sollst. du hast aufgehört zu zählen, wie oft du das schon gehört hast. von klein auf ist diese aufforderung dir steter begleiter, deine muskeln ziehen sich unwillkürlich zusammen. wer auch immer deinen körper heimlich dirigiert, er verpasst nie den einsatz für dieses kunstvoll orchestrierte zusammenspiel deiner nerven. das kennst du schon. neu ist der ring, silbern glänzend, den man dir jetzt um deinen kopf legt. du bist die prinzessin der neurasthenie, dein haar hängt offen an den seiten der holzbank hinab, eine dunkle flut um deinen kopf, und das medizinische diadem ist festgezurrt, als wollte man dir all jene dinge aus dem kopf quetschen, die du dort versteckst hältst. du presst deine lippen aufeinander, bis das blut weicht, deine lippen eine vornehme fahle farbe annehmen, *pale*.

aus dem fischmaul über dir kommen worte. wie blasen treiben sie durch den raum. du bist nicht sicher, ob du atmen kannst, ob du über oder unter wasser bist. wo du bist. elektroden wie saugnäpfe auf deiner stirn. hände und arme lösen sich auf, verschwinden. dein körper kommt dir abhanden. dann aber spürst du ihn immer deutlicher. gleichstrom. wie er von deinem kopf aus fließt, in wellen. immer wieder von oben anlauf nimmt, richtung füße durch dich treibt, deinen körper außer kraft setzt, körperspannung erzeugt. die wellen erkunden jeden winkel deines körpers, füllen dich aus, deine knochen vibrieren, leise. du kannst sie hören. körpermusik. alles löst sich auf, die worte, der raum, du selbst. was für ein wunderbares gefühl. so leicht.

groß und mächtig thront die *holtz electrical machine* an einer seite des zimmers, in einem schrank, aus dem zwei metallene kugeln ragen. du siehst eine große glasscheibe, die sich im uhrzeigersinn dreht. entlang des randes sind im gleichmäßigen abstand sechs schimmernde metallplättchen angebracht. in der mitte ein langer stab aus dunklem holz befestigt, seine enden mit kautschukkämmen verstärkt, die auf der scheibe zum liegen kommen. durch reibung entsteht strom, der über zwei metallene stäbe in gläser, *leyden jars*, geleitet wird. du sitzt auf einem holzstuhl, der rücken, deine geknöpfte linie, gerade, deine hände im schoß. ruhig. neben dir die maschine, an deiner seite ein doktor, in seinen händen ein weiterer metallstab: mit jeder berührung deiner haut schickt er einen kleinen stromstoß durch dich. ein körperzucken, mal kürzer, mal länger, je nach berührungsdauer. ein versuch, so erklärt man dir, die motorischen funktionen deines lahmen körpers zu stimulieren.

große veränderung kannst du nicht feststellen, wie sehr du auch in dich hineinhorchst. dein körper gibt keine auskunft, ein stummes stück fleisch, das sich dir verweigert, sich deiner kontrolle entzieht. drei monate bleibst du an diesem ort, drei monate in einem jahr, in dem der erste orient-express seine fahrt aufnimmt, durch dein geliebtes europa, von paris bis nach konstantinopel fährt, erstmals ohne umsteigen, ohne grenzkontrollen, nur zu gern wärst du in einem dieser luxuriösen waggons unterwegs, würdest am fenster sitzen, den rücken weich im gepolsterten sitz, katharine dir gegenüber, und ihr würdet euch unterhalten, gemeinsam europa an euch vorbeiziehen sehen, es genießen, hin und wieder zusammen im speisewagen dinieren, was für eine herrliche vorstellung. dann reißen dich stromstöße aus dieser bilderflut. deine tagträume entgleisen, du bist wieder ohne ziel, ohne richtung.

1884

du verlässt amerika. mit katharine. endlich. dass es für immer sein wird, kannst du nicht wissen. du verlässt dieses land, das dich geprägt und festgehalten hat, in richtung london. den himmel über boston, sein klares durchsichtiges blau, wirst du vermissen. jetzt aber liegst du an deck der pavonia. ein novembermorgen. deine augen sind geschlossen, deine finger klammerst du fest um die lehne eines liegestuhls. deine knöchel eingerötet, du eingemantelt in decken und katharines fürsorge. sie packt dich ein, wie man ein neugeborenes ins erste jäckchen, in einen warmen überzug packt, um ihm halt zu geben in seiner neuen umgebung, der es noch nichts entgegenzusetzen hat, in die es hineinwachsen wird, auch ohne sprache. katharines anwesenheit, ihre zuversicht tut dir gut. aber die überfahrt, die unruhige see greift dich körperlich an, immer wieder wankst du richtung kabine, über feuchte planken, wünschst dir festen boden unter den füßen.

liverpool nimmst du bei deiner ankunft kaum wahr, cathedral, royal albert dock und sefton park ziehen an dir vorbei, ohne dass du notiz von ihnen nimmst. du willst direkt in dein bett, in diesen raum, der dich aufsaugt, dich deiner körperlichkeit enthebt. tief in dir jetzt zum ersten mal der wunsch, schluss zu machen. die sehnsucht danach, niemand zu sein. nichts zu sein. du weißt nicht, ob du noch in liverpool oder schon in london bist, weißt nicht, welcher tag, welche stunde ist, ob du gegessen und getrunken hast. erlösung. *death*. fünf kleine buchstaben, für jeden finger einer, jede hand ein möglicher tod, so denkst du, schiebst deine hände auf dein gesicht, reibst dir den tod in die haut, drückst die finger fest auf, willst spüren, wie sich das anfühlt, sterben, drehst dich zur wand, dein rücken nackt ragt ratlos in den raum, dein körper aber bleibt, ist zäh, zäher als du gedacht hast.

neun wochen. einundachtzig tage. eintausendneunhundertvierundvierzig stunden. du lässt die zeit verstreichen. deinen raum verlässt du kein einziges mal, wie oft und inständig henry und katharine dich auch darum bitten. dass du endlich in london bist, interessiert dich nicht, auch nicht, dass leute dir einladungen schicken. du empfängst keine besucher, willst niemanden sehen, niemanden hören, du willst endlich raus aus deinem körper, aus diesem ganzen wahnsinn, nicht einmal henry und katharine magst du um dich haben. neun wochen. eine lange zeit. deine sprache liegt neben dir, dein mund trocknet aus, wortlaub sammelt sich auf deiner zunge. neun wochen, in denen wieder ärzte ein- und ausgehen, auf der suche nach einem organischen befund, und nichts finden. deine beine lahmen seit williams hochzeit immer öfter, manchmal kannst du nur noch liegen, versuchst dich zu erklären, das märchen von *alice in bed* steckt in einer schleife fest, erzählt sich immer weiter fort.

dein kopf wieder ein fortwährendes pochen, ein getakteter schmerz, der dir die sätze zerschlägt. du versuchst dich zu konzentrieren, den worten des arztes an deinem bett zu folgen. versuchst dich selbst zu beschreiben, aus dir heraus. du siehst die skepsis deines gegenübers, sein mitleid. wechselnde koryphäen an deinem bett. und du: nacktes material. deine haut zieht sich unter der berührung fremder hände zusammen, kleine erhebungen, *goose bumps*. in dir glimmt eine erregung, da ist etwas, das dich abstößt und anzieht gleichermaßen, deine weichen, verschnürten brüste, deine brustwarzen, die sich verhärten, sich verdunkeln, und deine scham. all dem entkommst du nicht, auch nicht der aufziehenden wärme. du hast kein wort dafür, bist deinem körper ausgeliefert, kämpfst verzweifelt gegen dieses kleine, dir vollkommen fremde wort. lust.

dein verlangen nach katharines anwesenheit wächst mit der intensität deiner krankheit. deine eifersucht ein dünnes pendel, das weit ausschläg, wenn katharine zu ihrer schwester fährt, zu deiner konkurrentin. als sei deine krankheit das, was dich ausmacht, das, was niemand dir streitig machen darf. eifersucht. noch so ein gefühl, das sich jeder kontrolle entzieht. dein stummer blick, wenn du im bett sitzt, eingehüllt in weißleinen, den rücken ins kissen gedrückt, deine blicke vorwürfe, die katharine sanftmütig entgegennimmt, ihre augen ein auffangbecken für all deine wut und dein begehren, und du tauchst ein, lässt dich in katharine fallen, immer in der hoffnung, dass du auf grund stoßen, endlich ankommen wirst.

mit der zeit findest du ruhe in der bolton street, dir geht sogar das wort *future* wieder über die lippen, das luftzischen am anfang des wortes ängstigt dich nicht mehr. katharine versucht so oft wie möglich bei dir zu sein, richtet ihr leben ganz nach deinen bedürfnissen, sie ist ein anker, ebenso wie henry, der am anderen ende der straße wohnt, nummer drei, die bolton street mitten in london, in westminster, dorfähnlich, neuer mittelpunkt der james familiy. fast spürst du so etwas wie glück, kleine harte wellen prallen an dein herz, impulse, die du nicht in sprache übersetzen kannst. wie sehr henry und katharine unter deinen stakkatoartigen befehlen zu leiden haben, nimmst du kaum wahr. nur selten gelingt es dir, das leichte netz eines gesprächs auszuwerfen.

immerhin übst du die regeln der konversation, übst dich im förmlich korrekten begrüßen neuer gäste, mit einem lächeln im gesicht, das dir schwer fällt. die vielen besucher verdankst du den illustren namen deiner brüder, henry james ist der romancier seiner zeit, wie jetzt in den zeitungen zu lesen ist, während du mit katharine in london fuß zu fassen suchst, schreibt er weiter an *the bostonians*. und william james ist, nachdem er mithilfe der doppelten alice seinen weg in die psychologie gefunden hat und an der universität unterrichtet, mit der ihm eigenen unruhe schon wieder auf dem sprung, diesmal zur philosophie, arbeitet aber noch an einer schrift zu den grundlagen der emotionstheorie mit dem titel *what is an emotion?* auch du würdest gern wissen, was genau das ist, ein gefühl, ob es wirklich nur die begleiterscheinung einer körperlichen wahrnehmung ist. das *lange-james-theorem*, wie es später in die wissenschaft eingehen wird, kennst du noch nicht, an seiner entstehung aber bist auch du beteiligt. ohne es zu wissen. wie so oft.

aus der ferne verfolgt william dein treiben genau, er weiß, dass dein wohnzimmer sich in einen salon verwandelt, der die londoner stadtgesellschaft anzieht. du berichtest ihm von einem kommen und gehen, von frauen und männern, die dir nun plötzlich aufwarten, machst dich selbst über diese entwicklung, das gerede der leute lustig: *there are two views taken on me that rather neutralize each other, one 'so subtle, just like your brother', the other '& above all so original'.* der grundton eurer korrespondenz ändert sich nicht. ihr belauert euch, eure buchstaben fein geschwungene spione in die welt des anderen. vertrauen und argwohn halten sich die waage, eine fein austarierte balance, die euch seit jahren verbindet.

und william nimmt als der älteste nun die stelle deines vaters ein, der zu wissen glaubt, was gut ist für dich und was nicht. aber du hörst kaum zu, wendest dich ab, redest lieber mit james russell lowell, einem bostoner dichter, der ebenfalls in london residiert, als amerikanischer botschafter am hof unterwegs ist, schon lange nichts mehr veröffentlicht hat und als diplomat nun sein leben bestreitet. oder mit edwin laurence godkin, dem irischstämmigen journalisten, der 1865 *the nation* gründet, ihr herausgeber wird, in jenem jahr als der bürgerkrieg zu ende ist, aber auch mit frauen wie constance fenimore woolson, die den kontakt zu henry sucht, eine schriftstellerin, enkelin von james fenimore cooper.

du magst fenimore. du bewunderst sie für ihr selbstbewusstsein, ihre haltung. ein *she-novelist*, so bezeichnet henry sie später. diese frau, die das schreiben als beruf versteht, nicht als netten zeitvertreib. schreibt die konventionen deiner zeit um, tritt ganz selbstverständlich als autorin auf und macht auch keinen hehl daraus, wie sehr sie henry mag, obwohl sie älter ist als er. wo immer sie sich aufhält, in amerika, england oder italien, am liebsten im toskanischen, im warmen, fördert sie henry. und der nimmt die unterstützung dankend an in den jahren, als der finanzielle erfolg noch auf sich warten lässt. aber sie leidet unter seiner distanz, seiner abweisenden art. und er, der sich selbst genug ist, wie später zu lesen sein wird, der sich keiner leidenschaft hingeben mag, nichts von sich selbst offenbaren will, verfolgt gleichzeitig, wie du weißt, mit argusaugen oscar wildes liebesgeschichten: die affaire mit robert ross, dem siebzehnjährigen studenten, der wenig später vom adeligen alfred douglas abgelöst werden wird. da bewegt sich einer jenseits bürgerlicher konventionen, setzt für die männer, die er begehrt, sein familienleben aufs spiel und wird so teil eines gesellschaftlichen aufbruchs, an den zu deiner zeit noch keiner glaubt, auch henry nicht.

zwischen den zeilen eurer briefe sind sie versteckt, die ängste, die sehnsüchte, eingezwängt in mieder, schoßröcke und eine akkurate schrift, der auftakt aber immer eine liebevolle anrede, egal, ob henry an william, william an dich, du an katharine oder katharine an fenimore schreibt. und manchmal stellst du dir vor, wie all diese briefe von fremden händen sortiert werden, die unsichtbare spuren der berührung hinterlassen, die gestärkten kuverts allesamt verschlossen und beklebt mit briefmarken, darauf das konterfei von queen victoria. die verblassenden farben, grün oder blau, kündigen schon das ende eines zeitalters an, so scheint es dir. zuvor aber erscheint noch aus anlass des thronjubiläums, *diamond jubilee*, die erste zweifarbig gedruckte briefmarke, in weichem braun und strahlendem blau gehalten. sechzig jahre, sechs jahrzehnte, so eine lange zeit, nur zum regieren, so viel wird dir nicht einmal zum leben bleiben. all diese gedanken finden platz auf der kleinen briefmarke, die du geübt auf die vorderseite der kuverts klebst. in den briefen tauscht ihr euch aus über die neuen aussichten für frauen, über fenimores idee, dass männer und frauen gemeinsam lernen sollten, und wie absurd, denkst du, dass in einem so großen land wie england samt seiner kolonien trotz einer weiblichen herrscherin nur widerwillig eine bewegung wie die sufragetten zugelassen wird.

eine entwicklung, die in bolton street nummer sieben, in deinem salon, nur fünf minuten von henrys wohnung entfernt, kontrovers diskutiert wird, je nachdem wer sich in deiner gesellschaft einfindet, ob henry da ist, ob william sich im vorfeld per brief geäußert, ob fenimore neue ideen hat, überhaupt, wie viele männer in deinem salon zugegen sind, wie viele und vor allem welche frauen, und erst im laufe der zeit nimmst du wahr, dass du immer entschiedener urteilst, immer weniger verständnis aufbringst für all die frauen, die sich gegen veränderungen sperren, für die queen victoria den anfang und das ende ihres denkens markiert, die einer hochzeit, dem kinderkriegen und ihrem gesellschaftlichen status mehr bedeutung beimessen als der auseinandersetzung mit sich selbst: *when will women begin to have the first glimmer that above all other loyalties is the loyalty to truth, i.s., to yourself, that husband, children, friends and countries are as nothing to that.* du bewunderst frauen wie george sand, die anfänglich unter einem männlichen pseudonym schreiben muss, das sie später als künstlername beibehält. du liest nahezu alles, jede seite von ihr, die romane, *mauprat*, *nanon*, *jeanne*, und ihre briefe an balzac, chopin, délacroix, marx und de musset, überhaupt liest du wie eine besessene, du liest gegen die grenzen deiner welt, die grenzen deiner sprache an, in diesen momenten kein körper, den es in schach zu halten gilt, du riskierst sogar ein lächeln, ein lachen. anfangs ist es dir noch fremd, klingt rissig, verloren, aber du kannst es nicht unterdrücken, als don quixotte gegen windmühlen und für seine dulcinea kämpft, kicherst du erst in dich hinein, bis schließlich dein ganzer körper diesem komischen text entgegenlacht. manchmal liest du katharine jetzt vor: ruhig sitzt sie an deiner seite, stoff an stoff, geknöpfte linie an geknöpfter linie. und manchmal lässt katharine sich von deinem lachen anstecken, gemeinsam zu lachen, was für eine befreiung.

die tage vergehen zwischen den zeilen von romanen, aufzeichnungen, briefen. zwischen büchern, die dich einsaugen mit ihren geschichten und gedanken. du wanderst durch textlabyrinthe, verläufst dich, findest dich wieder, stolperst, notierst dir etwas. du liest flaubert, flanierst durch seine geschichten, an der seite von *madame bovary*, besuchst seine *schule der empfindsamkeit*, er ist einer deiner lieblinge, wie montaigne, durch den du in einem rutsch rauschst, ohne mit der wimper zu zucken, oder zola, den du nur sonntags liest, *to cheer up the lord's day*, aber noch lieber liest du die erzählungen von fenimore, du liebst ihren morbiden, verknappten stil, ihre lakonie: *keeper of what? keeper of the dead. well, it is easier to keep the dead than the living.* sätze, die sich in dir eingraben, tiefe spuren hinterlassen. und natürlich liest du alles von henry, romane, in denen du dir selbst begegnest, leicht überzogen vielleicht, aber doch, das bist unverkennbar du selbst, und immer wieder scheint es dir, als wolle henry dir neue möglichkeiten aufzeigen, für einen moment nur blitzen sie auf, nehmen gestalt an, bevor sie wieder verglühen.

bücher und zeitschriften stapeln sich um dein bett, auf kleinen tischen, in regalen. die bücher geben dir halt, sie füttern dein ewig hungriges hirn großzügig, ohne dass sich je ein sättigungsgefühl einstellen würde. je mehr du liest, desto stärker dein gefühl, zu wenig zu lesen, zu wenig zu wissen, etwas verpasst zu haben. du arbeitest dich durch die französische geistesgeschichte, entdeckst psychologie und die aufkommende psychoanalyse für dich. du liest george eliots *middlemarch* und *the mill on the floss*, bist hingerissen von dieser schriftstellerin, die sich im laufe ihres lebens so viele namen gibt wie andere kinder haben. die schließlich unter männlichem pseudonym schreibt, die früh ihren vater verliert, sich von ihrem glauben abwendet, vom protestanismus, sehr früh zu veröffentlichen beginnt, die sich keinen penny um die konventionen ihrer zeit schert, die liebesverhältnisse mit älteren, jüngeren und verheirateten männern pflegt, die die grenzen ihres frauseins an den grenzen ihrer gesellschaft prüft, sie zu leitmotiven ihrer romane macht und mit dorothea brooke eine protagonistin entwirft, die du zu kennen glaubst, die dir in vielem nah und vertraut ist, in ihrer hilflosen naivität, dem bedürfnis, ihren geist auszuleben, und die dafür den hohen preis der lächerlichkeit bezahlen muss.

eine gute zeit. für dich, für henry, für katharine. du hast nur selten nervöse attacken, keine lähmungserscheinungen, fühlst dich leicht und unbeschwert, du lädst zu tee und abendgesellschaften in deinem salon, manchmal, selten, verlässt sogar du das haus. das öffnen und schließen der tür. mit deiner hand. jener tür, die auch dein körper ist. die nur du öffnen und wieder schließen kannst. nach wie vor. wie gut es dir geht in diesem jahr, lässt sich an der anzahl deiner ausflüge, deines *being out* ablesen, manchmal zählst du mit, *I went out yesterday for the third time this year*, meist im rollstuhl. die nie enden wollende abhängigkeit von einem anderen menschen, der dich schieben muss, dem du die richtung, deine wünsche vorgeben musst. du unterdrückst deinen groll, gehst auf in dem geräuschvollen panoptikum vor deiner tür. an guten tagen kannst du sogar katharine ziehen lassen, ohne eifersucht zu spüren. und fast sieht es so aus, als ob du endlich ankommen würdest: in london, in der gesellschaft, bei dir selbst.

1888

die nachrichten häufen sich. erst clover hooper adams, dann lizzie boott, schließlich edmund gurney. sie alle nehmen sich selbst aus der welt, so wie du es manchmal gern tun würdest. du öffnest briefe, liest von ihrem freitod, bleibst an den wenigen buchstaben hängen. du versuchst dir diese frage vom leib zu halten, die dir mit kleinen stichelnden flammen zusetzt. du denkst nach. und in dir wächst der respekt für all die menschen, die frei entscheiden, wann sie ihr leben beenden. auch bei den besuchern deines salons ist suizid ein thema, du hörst jetzt genauer hin, du beobachtest, wie es eingang in erzählungen und romanen findet, amüsierst dich über robert louis stevensons *the suicide club*, aber es gibt auch die anderen momente. momente einer allumfassenden müdigkeit, momente, in denen der freitod dir als einzig ernstzunehmende alternative erscheint.

mit diesem gedanken bist du nicht allein. marian hooper adams, oder einfach clover, also klee, wie sie alle nennen, setzt genau das um, was bei dir gedankenspiel bleibt. dabei hatte sie im gegensatz zu dir einen fluchtpunkt gefunden: das fotografieren. ihre bilder sind genau gebaut, wie du vermisst sie mit ihren blicken eine unerreichbare ferne. es ist eure jahrelange übung, maß nehmen in einem raum, der jeden tag derselbe. bei genauem betrachten zeigt sich die verkehrung von clovers welt: hunde, die treuherzig in die kamera blicken. ihr vertraute menschen dagegen abgewandt, verschlossen. du denkst dich in clover, siehst, wie sie die tür zur dunkelkammer öffnet, siehst ihre schmale, weiße hand auf der geschwungenen klinke, ihr eintreten in den raum, ins finstere, gebrochen vom dämmrigen licht einer lampe, schwacher schein am rande eines lebens, siehst auch, wie clover eines der dunkelbraunen fläschchen öffnet, die flüssigkeit in ein glas kippt, jene substanz, die sonst dinge ans licht bringt, trinkt clover jetzt in einem zug, schüttet die chemikalie mit wucht in den eigenen körper, schluckt am beißenden geschmack, der sich direkt in den mund ätzt, und hinter ihr gehst du ins wohnzimmer, wo clover sich in einen sessel setzt, direkt vor den kamin und eine haltung einnimmt, die ihr mann später in stein meißeln lässt.

die nachricht von clovers tod lässt dich nicht los. der selbst verantwortete, der selbstbestimmte tod scheint dir die richtige reaktion für einen menschen, der außer sich gerät, sich auflöst, für den die koordinaten eines geordneten bürgerlichen daseins keine rolle mehr spielen. du kannst clover verstehen. sehr gut sogar. du weißt, wie es ist, sich selbst zu verlieren. das weißt du zu gut. und manchmal, sehr selten, verachtest du dich dafür, nicht stark genug für eine solche entscheidung zu sein, weiter in dieser körperhülle leben zu müssen, da hilft es auch wenig, dass du nun an clovers schwester ellen gurney schreibst, ihr in briefen mut zusprichst, auch sie wird sich das leben nehmen, sich zu deinem großen entsetzen vor einen zug werfen, kurz nachdem ihr mann gestorben ist, weil sie nicht mehr weiß, wo ihr platz ist in der welt der lebenden. auch dieses gefühl kennst du, wieder kriecht das gespräch mit vater in dir hoch, du bist rastlos, ratlos, aber sich vor den zug werfen, den körper derart zu entfleischen, die knochen bloßzulegen am hellen tag, diese vorstellung löst nur grauen in dir aus.

und neben dem mut fehlt dir noch etwas anderes, eine eigenschaft, die du so sehr an katharine, aber auch an fanny und fenimore schätzt: empathie. deine teilnahmslosigkeit ist dir allzu oft ins gesicht geschrieben. selbst in momenten wie diesen, wenn dich die nachricht vom tod anderer erreicht. du drückst zwar dein bedauern aus, willst aber eigentlich etwas ganz anderes schreiben, ordnest den tod in größere zusammenhänge ein, *what a pity to hide it, every educated person who kills himself does something towards lessening the superstition*. du willst wissen, ob die entscheidung zum selbstmord völlig unerwartet kam oder ob er sich ankündigte, willst auch wissen, wie alles genau vor sich ging, dieses ominöse hand-an-sich-selbst-legen.

in der zeitung liest du von edmund gurney. du kennst seinen namen, seit langem schon. psychologe ist er, ein guter freund von william, hat schriften zu musik und philosophie veröffentlicht, *the power of sound*, beschäftigt sich mit hypnose. edmund gurney ist ein offener, neugieriger geist, springt und wechselt zwischen den disziplinen, so wie william, und du liest mit schrecken, dass auch er den freitod gewählt hat. stillstand, erneut. du hebst den blick, legst die hände in deinen schoß, wartest. hörst die uhr, das rücken der zeiger, den anschlag des pendels, überlaut in deinem ohr, gesprächsreste, die es nicht durchs fenster schaffen, auf die straße zurückfallen, zertreten werden, hörst schritte, nimmst die zeitung wieder zur hand, liest weiter. eine überdosis chloroform, so ist zu lesen, mittel zum zweck. und du wieder hin- und hergerissen zwischen der idee, sich aus dem leben zu nehmen, mit diesem neuen mittel, das bei der hypnose eingesetzt wird, und der trauer über den verlust eines menschen, der dir einen schritt voraus ist. aber diesmal auf so eine sanfte art, dass auch vater nichts dagegen hätte, da bist du dir sicher. du stellst dir gurneys tod als ein idyll vor, eine hypnose ins finstre, willst narkotisiert in ein dunkles kissen sinken, verdämmern, mit haut und haar teil der dunkelheit werden, auf ewig.

du schließt die augen, lehnst dich nach hinten, spürst die geknöpfte linie im rücken. legst deinen kopf in den nacken, verharrst, legst ihn dann leicht zur seite, öffnest wieder die augen, richtest den blick nach vorn. auch so eine frage der perspektive, denkst du, wo ist schon vorn, und was soll dieser begriff bedeuten, vor allem für dich? du kaust an wörtern, resten eines unvollständigen satzes, eines abgebrochenen dialogs mit katharine, die nun wieder in amerika ist, bei ihrer schwester, ihrem vater, und dich hier allein lässt, allein mit dir, deiner krankenschwester und henry, der in regelmäßigen abständen nach dir sieht, einladungen ausspricht und weitergibt, und du denkst, was das eigentlich für ein zustand ist, immer nur als anhängsel eines anderen existieren zu können, kein eigenes leben zu führen. da helfen auch die bücher nicht weiter, obwohl du immer wieder sätze findest, die dich halten, anker im grundlosen, *he didn't fear death but he feared dying*, *the nearness counts so as distance*. du weißt genau, was diese sätze bedeuten, manchmal bist du dir so fremd, dass du dir auf diesem umweg näherkommst, und endlich beginnst du richtig zu schreiben, nimmst die feder nur für dich zur hand, verfasst keine briefe, überträgst keine zitate, fertigst keine exzerpte mehr an, nein, schreibst nur noch deine eigenen worte, formst sie zu sätzen, gibst ihnen die form eines tagebuchs, dein *first journal*.

1889

weiter wechselst du orte wie kleidung, auch jetzt in einem alter, in dem andere längst sesshaft geworden sind. sesshaft: die verortung an einem einzigen punkt. so etwas hat es in deinem leben nicht gegeben. den kontinent aber behältst du nun bei, trägst ihn auf wie ein bequemes kleid, das sich dem eigenen körper anpasst, das man kaum wahrnimmt. im kopf gehst du manchmal die stationen deiner kindheit, deiner jugend durch. all die räume, die sich um deinen eigenen geschlossen haben. all die länder, die du kaum kennenlernen konntest, deren geruch, deren farben du ziehen lassen musstest, immer dann, wenn du ihnen gerade auf der spur warst. und all die sätze in fremden sprachen, die jetzt verkümmern, in den nischen deines gehirns, es sei denn, du ziehst sie hervor, an diesem neuen ort, den du dir selbst ausgesucht hast. royal leamington spa. mondän, knappe hundert meilen von london entfernt, in richtung birmingham, die straßen großzügig angelegt, gesäumt von kurcafés, museen und theatern, geadelt von queen victoria und all den geistern, die du seit deiner kindheit schon kennst, emerson, thackeray, thoreau. an diesem ort beginnst du. bist du dir nah. bist dir selbst adressatin, mal mehr, mal weniger bekannt, inconnue, dein unverbindliches *you*, so schreibst du dich an, du, ein jeder könnte das sein, verzeichnest deine anwesenheit, gibst dir selbst einen sinn, schreibst weiter, in dem wissen, dass alles nur ein geschenk auf zeit ist.

die sätze drücken sich durch die poren deiner haut, drängen an die oberfläche, deine sprache wächst aus dir, ein flor aus wörtern wuchert in alle richtungen, und du lässt es zu, wirst selbst sprache, murmelst die worte, die sätze mit, bringst sie aufs papier, hörst das schnellatmige kratzen deiner feder, beobachtest, wie die tinte am zeilenende verblasst, tauchst die feder wieder ins glas, ins blaue, bist geschickt darin, musst nicht mal den blick von blatt heben, du hast mittlerweile übung, auch im schnellschreiben, füllst seite um seite in deinem buch, jetzt bist du ganz im schreiben. hältst fest, was dir auf deinem *centimetre of observation* begegnet, noch so ein kleiner raum, aber einer, der deinen blick schult, dich aufmerksam macht für all das, was im großen geschieht, im raum des politischen, den du zu deiner eigenen überraschung als neuen freiraum für dich entdeckst.

selbstbewusst trittst du jetzt auf, deine gedanken noch bissiger, schärfer. egal, ob du sie in deinem tagebuch oder in abendlichen diskussionen anbringst. ob es sich um den jüngsten klatsch und tratsch handelt, der über den atlantik auf briefbögen zu dir treibt. oder um politische fragen. du formulierst prägnant, manchmal hart, *the german emperor is quite mad, no sort of doubt*, kommentierst nachrichten, die du früh morgens in den zeitungen liest; machst dir notizen zum brasilianischen militärputsch im november dieses jahres oder zur home-rule-bewegung, die irland spaltet. und je mehr du schreibst, desto deutlicher ist dieser eigene ton zu vernehmen. jener ton, der dir schon als kind übelgenommen wurde, wenn du dir bei tisch deine meinung nicht verkneifen konntest. alle anderen provoziert hast mit deiner beharrlichkeit. dieses störrische an dir. in deinem gesicht, deinen augen, deinem ganzen wesen. eine eigenschaft, die nicht nur katharine schätzt. fenimore fragt henry, was aus dir wohl ohne deine körperlichen einschränkungen geworden wäre, eine müßige frage, aber auch du spielst gelegentlich das was-wäre-wenn-spiel. *I wonder, wether, if I had any education, I should have been more, or less, of a fool than I am.* du vermeidest es zu klagen, *this is a scientific statement, not a lament*, selbstmitleid ist dir verhasst, findet sich in keiner deiner zeilen. oder du versteckst es gut. vor den anderen, vor katharine, vor dir selbst. dein verborgenes ich. *the hidden self*, wie william es später nennen wird.

william. fünf jahre habt ihr euch nicht gesehen, eine lange zeit. du verfolgst seine entwicklung genau, liest vorträge, die er auf kongressen und an universitäten hält. bist immer wieder erstaunt über die ähnlichkeit zwischen ihm und vater. ihre weichheit, unentschlossenheit dem leben gegenüber, gepaart mit einer bestechenden intelligenz und beredsamkeit, um dann wieder kein wort für die eigene entscheidungsschwäche zu finden, in depressionen zu verfallen, in ein dunkel, das sich von deinem unterscheidet, das nach außen nichts mit hysterie oder einer emotionalen überempfindlichkeit zu tun hat. zu deiner verwunderung wird william anhänger der hypnose, lässt es sich nicht nehmen, die *leçons mardi* von jean-martin charcot in paris zu besuchen, jenem arzt, der als erstes die hypnose für medizinische diagnosen einsetzt, hysterie auf organische ursachen hin untersucht, und damit nicht genug, will william séancen ausprobieren, ein lokales medium, bittet dich, eine haarlocke von dir nach boston zu schicken, aber du nimmst ein anderes haar, die locke einer bereits verstorbenen frau, ein sardonisches kichern in dir, du kannst es einfach nicht lassen, willst ihm nicht auf den leim gehen, seinem faible für okkulte experimente, lässt ihn im dunkeln. erst später schreibst du ihm von deinem tausch, deiner kleinen gemeinheit, *I thought it a much better test of whether the medium were simply a mind-reader or not, if she is something more I should greatly dislike to have the secrets of my organisation laid bare to a wondering public.*

dieser schmerz ist neu, mit nichts vergleichbar, was du bereits kennst. du erschrickst, zuckst zusammen, lässt die feder aufs papier fallen. deine geknöpfte linie im rücken ein strich, du hältst den atem an, deine augen unruhige gefährten, du weißt nicht, was tun, wen um hilfe fragen. der schmerz wird regelmäßig, sticht durch dich hindurch, ein spitzes taktell im gewebe, und immer noch sitzt du äußerlich ruhig auf deinem stuhl, das papier vor dir, die trockene tinte an der feder. du siehst auf die uhr, rechterhand von dir, dem schmerz hinterher, hältst dich an der gleichmäßigkeit fest. verharrst. löst dich dann langsam aus der starre, hebst deine hand, versuchst mit den fingern den schmerz zu orten. das ziehen, das stechen, so etwas grelles, schrilles unter deiner haut, in deiner brust, aber du kannst nichts ertasten, natürlich, der schwere stoff, das textile korsett, in dem du fortwährend steckst, auch hier in leamington, dein inneres in weiter ferne. du holst luft, tauchst die feder in die tinte, tauchst tief ein, tauchst ins blaue, würdest gern verschwinden, im dunkel deiner eigenen sprache.

du erzählst nichts. mit argwohn betrachtest du dich selbst, dich und deinen neuen schmerz, der in schüben kommt und geht. deine nerven nur noch dünne fäden. da ist ein fremdes gebiet, das du untersuchen musst. mit deinen fingern, deinen augen. anfangs schaffst du es nicht, dich vor dem spiegel auszuziehen. du sackst zusammen, bleibst auf dem fußboden liegen, der große spiegel seitlich, leicht über dir, unerreichtes land. du stehst auf, blickst dir ins gesicht, hältst dir stand. bittest die krankenschwester zu bleiben. an deiner seite. du: nackt, ernst, schweigend. deine rechte brust seltsam verformt, violett verfärbt. du hebst deine linke hand, führst sie in richtung brust, legst sie sacht unterhalb deines rechten warzenhofs ab, verfolgst jede bewegung im spiegel genau, erhöhst den druck auf deine brust mit daumen und zeigefinger, ein seltsames gefühl, ertastest verödete milchstraßen, ausgetrocknet, nie benutzt, drückst fester, fühlst jetzt den knoten, drückst noch fester, deine finger eine zange aus knochen und fleisch, ohne erbarmen, drückst noch einmal, triffst genau den scheitelpunkt deines schmerzes, brichst in jähes schweigen aus.

der knoten wächst, breitet sich in deiner brust aus, verhärtet. du schläfst nur noch auf dem rücken, heftest deine blicke, deine angst an die decke, heftest muster, versuchst deine brust zu entlasten, sie zu beruhigen, wiegst sie in den schlaf, eines deiner nichtgeborenen kinder, achtest auf jede deiner bewegungen. der knoten frisst sich weiter ins fleisch, durchbricht milchdrüsen und brustlappen, ein geflecht, das kein ende, keinen grund kennt. du tastest dem schmerz nach, kannst ihm aber nicht folgen, bleibst auf der strecke, verlierst an gewicht, fieberst, dein fleisch weicht zurück, die knochen deutlich sichtbar nun. die krankenschwester liest dir jetzt vor, liest emily dickinson, aus ihren gedichten, eine sensation, gedichte einer frau, die kaum ihr haus verlassen, zu lebzeiten nichts publiziert hat, jetzt von der kritik gefeiert und belächelt, zwischen genial und *fancy* gehandelt wird. und du magst ihre gedichte sofort, *because I could not stop for death*, verstehst diese zeilen, *he kindly stopped for me*, als ob sie nur für dich geschrieben worden wären, bist glücklich, eine ahnung von *ansterblichkeit* in dir.

katharine kann ihren schreck nicht verbergen, ähnlich henry, du siehst das entsetzen in ihren gesichtern. schuldfragen, unausgesprochen, eine große hürde zwischen euch. katharine nimmt sie als erstes, nimmt dich in den arm, zieht dich an sich, du spürst den schmerz, deutlich, kannst deine rechte schulter nicht mehr heben, keine umarmung erwidern, deine brust ein panzer zwischen euch, du weinst, lautlos, deine arme hängen an dir herab, lebloses gewebe, ein vorgeschmack auf alles kommende, und du spürst katharines wange nah an deiner, ihre haut, ihren atem, hörst deinen namen, immer wieder, alice, weich zwischen ihren lippen, als wollte sie dich an dich selbst erinnern, an euch, lange habt ihr euch nicht gesehen, monate, fast ein jahr. du nickst heftig mit dem kopf, stößt an ihr kinn, entschuldigst dich, das erste wort zwischen euch. eine entschuldigung. du streichst dein kleid zurecht, zu groß ist es, alles an dir fällt nach unten, die falten schwere striche aus stoff, und selbst henry gehen jetzt die worte aus, er steht an der wand, sein anzug zu knapp, der feine tweed spannt, sein feistes gesicht dir offen zugewandt. es sind nur wenige schritte zu dir, für ihn ein endlos weites land, das es zu durchschreiten gilt.

dein schlechter zustand treibt katharine um. sie lässt nicht locker. gibt dir einen tagesablauf, eine struktur vor, ordnet dich und deinen körper, taktet dich neu, deine schwäche wird endgültig zu ihrer stärke. sie bestellt ärzte und forscher ein, korrespondiert, führt gespräche, schildert deine symptome, deinen drastischen gewichtsverlust, liest medizinische artikel, hört vorträge, fertigt exzerpte an, erzählt dir davon, fragt nach deiner meinung, glaubt nicht, dass dein untergewicht, deine schmerzen nur mit deinem magen, einer noch unentdecken form von gicht, rheuma oder neurasthenie zu tun haben, so wie william es aus der ferne immer wieder diagnostiziert, als ob er ein recht auf deinen körper, auf deine krankheit hätte. wann du william das letzte mal gesehen hast, weißt du nicht mehr. ihr schreibt euch weiterhin, regelmäßig, und katharine versorgt william mit den wichtigsten neuigkeiten, so wie deine mutter damals, als du patientin bei charles taylor warst, ein anderes leben, weit entfernt, denkst du, und doch irgendwie das gleiche, während katharine ein haus für euch sucht, du kannst dein erneutes glück nicht fassen, sie ist wieder da, bleibt an deiner seite, ihr zieht zurück nach london, du verlässt leamington, zusammen mit der krankenschwester, eine köchin wird eingestellt, sodass katharine nur für dich da sein kann, du der mittelpunkt ihres lebens, wie du es dir immer gewünscht hast.

einmal mehr ein arzt am rand deines bettes. fenimore schickt william wilberforce baldwin zu dir, sie kennt ihn bereits aus venedig, hält viel von ihm, auch henry kennt ihn aus früheren zeiten, erzählt deine geschichte, bittet ihn, sich deiner anzunehmen. fenimore ist in sorge, sieht den schmerz in deinem körper fuhrwerken. william wilberforce baldwin folgt ihrer bitte, fühlt deinen puls, blickt dir aufmerksam in die augen, begegnet dir mit respekt, das ist dir neu. ein arzt, der eine frage nach der anderen stellt, deinem körper mittels sprache auf die spur zu kommen sucht. und du antwortest, umschreibst und beschreibst, greifst ins körpermaterial, hörst dir selbst zu, gibst dem schmerz kontur. und du weißt, dass er gleich dieses wort sagen wird, den namen dieses kleinen getiers, das schon seit monaten und wochen in dir haust, beheimatet ist, und da taucht es schließlich auf in seinem mund, vielbeinig, verpanzert: krebs.

du bist glücklich. glücklich über diese diagnose, bedankst dich bei william wilberforce baldwin. im bewusstsein deiner endlichkeit lebst du nun so, wie du es dir schon seit jahren wünschst. deine erlösung: eine todbringende erkrankung. von hysterie keine spur. baldwins ausführungen sind kurz und präszise. dein krebs hat bereits gestreut, eine hohe zahl an metastasen bis in die leber. dein lebenshorizont verengt sich, lässt das jahr 1892 noch möglich, aber nicht sicher scheinen. eine einschätzung, mit der du gut leben kannst, zum erstaunen von henry und katharine. die aussicht deines todes nimmt ihrem leben einen sinn, den sie deinem erst gibt. alles steht in frage, und du auf einmal stille herrscherin über ihren alltag, wo die beiden sich auch aufhalten, du bist mit ihnen, in ihrem hirn, eine allgegenwärtige angst dirigiert ihr leben, die angst, dass du in ihrer abwesenheit stirbst.

du liest fachzeitschriften, bücher. prägst dir verlaufsformen der neuen krankheit ein. liest, dass verkrebstes gewebe einfach entnommen, aus einem körper herausgeschnitten wird: brüste amputiert werden, ein scharfschneidendes gewerk angelegt wird, die klingen zu einem kreis gebogen, der weiße fleischhügel inmitten, sodass mit einer bewegung, einem griff die komplette brust entfernt werden kann. liest auch, dass aus mangel an geeigneten narkotika nur provisorisch betäubt werden kann, mit chloroform. liest von frauen, die die operation wider willen mitverfolgen müssen. deren brustraum bei bewusstsein bis unter die achseln ausgeräumt, ausgeweidet wird, um ein fortwachsen und streuen des geschwürs zu verhindern. du hörst das schaben, das aufklappen der fleischlappen. in deinem kopf. liest weiter. von frauen, die angeschnallt werden, um sich nicht bewegen, den eingriff und den operateur nicht gefährden zu können. von schreien und gewimmer, vom wunsch, sofort sterben zu dürfen. du schauderst. es fällt dir schwer, eine konkrete vorstellung dieser krankheit zu entwickeln, davon, wie der krebs stück für stück deine organe außer kraft setzen wird. auch als william wilberforce baldwin dir erklärt, dass der krebs in der leber unbemerkt weiterstreuen, die brust aber immer stärkeren schmerzen ausgesetzt sein wird. stille zwischen euch. er rät dir zu morphium. reichlich. eine anweisung, die du befolgst, die dich in den kommenden wochen zu einem merkwürdig heiteren wesen macht.

dein körper gewöhnt sich schnell an das opiat, die nebenwirkungen sind anfangs gering. helligkeit zieht in dich, das ist dir neu. allen anderen auch. henry beobachtet dich, registriert, dass mit deiner zunehmenden leichtigkeit deine beweglichkeit abnimmt. aber du schreibst, beinahe täglich nun, ohne dass henry oder william etwas davon wüssten, arbeitest du an deinem eigenen text, an deiner eigenen hinterlassenschaft, so lange du deine hand, deine schrift unter kontrolle hast. an manchen tagen diktierst du katharine deine sätze. das eigene denken im mund eines anderen menschen, ein seltsames gefühl. du versuchst, brüche und leerstellen zu vermeiden, dein bewusstsein so lange wie möglich an der oberfläche zu halten.

wochen, monate behältst du deine neue krankheit für dich. teilst sie nur mit henry und katharine. mit fenimore. der krankenschwester. william willst du anfangs nichts erzählen, aus rücksicht auf seine eigene gesundheit. aber die zeit lässt dir keine wahl, du musst ihm schreiben, ihm von deinem krebs, deiner endlichkeit berichten. die worte wählst du mit sorgfalt, schreibst nicht zu traurig, nicht zu enthusiastisch. schilderst william deinen zustand, das diagnostizierte ausmaß des tumors, der mittlerweile in große teile deines oberkörpers gestreut hat, sodass du jede bewegung im voraus planen, dem schmerz zuvorkommen musst. bringst aber auch dein glück über die diagnose zum ausdruck, deine zufriedenheit, nach jahren, jahrzehnten der unklarheit nun endlich adressatin einer klar definierten krankheit zu sein, ohne zweifel, ohne einbildung, ohne wechselnde fischmäuler über dir, endlich ein klares ziel vor augen zu haben, dich nicht mehr selbst umbringen, von dir selbst abspalten zu müssen, und du versuchst all diese worte in einen ton zu kleiden, der zuversicht vermittelt. jetzt, auf der letzten etappe, findet ihr wieder zueinander, william versteht deine haltung genau, aus seinen zeilen spricht bewunderung für deine duldsamkeit, deine ruhe angesichts des nahenden todes. er begreift sofort, dass deine krankheitsgeschichte mit dieser diagnose ein hoch erreicht, das seine eigenen leiden entwertet. wie eine selbstverständlichkeit nimmt william deinen tod, dein sterben hin, sein duktus ist klar, fast schon abgebrüht, von trost oder hoffnung keine spur, *it may seem odd for me to talk to you in this cold way about your end*, und du nickst, als du seine worte liest, endlich herrscht einvernehmen zwischen euch.

william macht sich auf den weg, überquert den atlantik nur für dich, nimmt diese beschwerliche reise auf sich, er, der an allem und jedem leidet, und du rechnest überhaupt nicht mit seinem besuch, bist nicht darauf eingestellt, willst nicht die kranke, die sterbende geben, sich seinen blicken, seinem mitleid aussetzen, und beinahe vergisst du seine ankunft, bist, ironie des zufalls, vertieft in *the american*, henrys neues stück, vielmehr die dramatisierung, die er aus dem roman macht, in dem glauben, so mehr geld verdienen zu können. und wie bitter für ihn, als das stück durchfällt, das publikum ihn verhöhnt, ihm einmal mehr klar wird, dass er kein henrik ibsen, kein oscar wilde ist. endlose diskussionen folgen, du lobst und verteidigst das stück, henry ist dir dankbar, die drohende leere deiner abwesenheit verdrängt er, ist ganz mit dir. und hat immer noch nicht realisiert, dass auch du schreibst, über ihn, über seine stücke, seine figuren. zwischen euch william, der nicht weiß, wie ihm geschieht, der weder über das londoner theater, das publikum, noch henrys stück sprechen will, der sich nur ganz dir widmen, die verbleibende zeit mit dir genießen will, so eine romantische vorstellung in seinem kopf, du im bett, er an deiner seite, das verzeichnen deiner letzten tage, er stumm leidender begleiter, aber so einfach machst du es ihm nicht.

1891

das jahr neigt sich dem ende zu. du ordnest, sortierst deinen kopf, machst dich frei von alten bildern, von gewohnheiten. formulierst deinen letzten willen. der gleichzeitig dein erster ist. diesen einen willen, über den william auch nach deinem tod weiter nachdenken, schreiben wird. *the will to believe.* entsteht er erst durch glauben oder aus sich selbst heraus? gibt es das überhaupt, einen freien willen? unabhängig von allem denkbaren? william geht es pragmatisch an, formuliert bedingungen, die das denken einschränken, es bestimmen. *can we, by any effort of our will, or by any strength of wish that it were true, believe ourselves well and about when we are roaring with rheumatism in bed (…)? we can say any of these things, but we are absolutely impotent to believe them.* warum das so sei, will wiliam wissen. sucht antworten auf fragen, die auch du ihm gestellt, geschildert hast. du kannst deinen willen nicht einfach ausprobieren, weder in deiner kindheit noch jetzt am ende deines lebens, weder in boston noch london, vielleicht in deinem kopf, im schreiben, aber auch das spielt jetzt keine rolle. *so when I am gone, pray don't think of me simply as a creature who might have been something else, had neurotic science been born.*

du kannst dich selbst sehen. wie du im bett sitzt. wie du liegst. immer jemand an deiner seite. katharine. henry. die krankenschwester. du lauschst henrys sätzen, die sich zu geschichten aufspannen, erkennst deinen wortlaut in seinen texten, *pearls from your lips*, die er dir schamlos stiehlt, wie du es in deinem tagebuch notierst, die er mit einer selbstverständlichkeit in seine texte webt, dass du manchmal erschrickst. als du danach fragst, reagiert er unwirsch, verständnislos, erklärt dir, dass es familiäre aussprüche, zitate seien, *so it did not matter*, die könne man schon verwenden. in deinem kopf arbeitet es, eure vertrautheit bekommt zarte risse und du würdest gern wissen, was henry unter familie versteht, auch was du selbst darunter verstehst. du denkst, dass du unbedingt katharine fragen musst, die du noch so vieles fragen willst, gehst davon aus, dafür noch genügend zeit zu haben, weiterhin auf ihr wissen bauen zu können, und dann fällt es dir wieder ein, plötzlich, und genau so notierst du es, *some days are over for me*, für dich gibt es nur noch ein jetzt.

dieses jetzt atmen die briefe, die du noch schreibst. jeder kann der letzte sein, das ende eines gesprächs zwischen zwei menschen, zwischen dir und der welt, die dir so lange nur in briefen begegnet ist, deine verbindung ins außen. jetzt ist es katharine. den stift, die feder kannst du nicht mehr halten. ein zustand, an den du dich gewöhnen musst. dein schleichender verfall, das abgeben einer dir so wichtigen tätigkeit, des schreibens, *that geysir of emotions, sensations, speculations and reflections*. all deine briefe gehen fortan durch katharines hände. tagein, tagaus sitzt sie an deinem bett, eine unterlage auf den knien, darauf das briefpapier, ihre hand, die die feder hält, das ankratzen der stille, ihre hagere gestalt gespannt, konzentriert, die brille fest auf der dünnen nase, alles an ihr ist zuhören, umsetzen in schrift, auch jetzt, als du dich an fanny morse wendest, *my dear fanny*, ihr ein erstes und letztes mal von deiner krankheit, vom krebs erzählst, ohne große umschweife, dafür ist jetzt keine zeit mehr, alles unnötige wirfst du ab. der krebs schält das wesentliche heraus, als ob man eine reife erbse aus ihre schote puhlen, den dünngrünen faden entlang der hülse aufziehen, die geknöpfte linie auf dem rücken endlich öffnen würde. eine metamorphose ins nichts.

sterben. nichtsein. du denkst an vater, so dünn, so leicht, ein schemen von mensch, das in seinem lehnstuhl am fenster sitzt, kaum noch reagiert. bei der frage nach seiner beerdigung aber sofort aufhorcht, sein blick klar, die stimme leise, und zeilen in deine richtung dirigiert, notizen aus seinem inneren, die er nun in sprache bringt, du erinnerst die wenigen sätze, vielmehr diesen einen satz, den er bei seiner eigenen beerdigung hören will, nicht mehr, nicht weniger, darauf besteht er, du verinnerlichst diesen satz, als ob er auf dir eingemeißelt wäre, du der grabstein deines vaters, sichtbarer beweis seiner existenz: *here lies a man, who has thought all his life that the ceremonies attending birth, marriage and death were all damned nonsense*. und du willst an seiner seite liegen, vielmehr bei vater und mutter, auch das ist dir klar, wo sollst du auch hin, verbrennen wirst du dich lassen, auch das weißt du, damit katharine dich über den atlantik transportieren kann, deine asche in ihren händen, die gemeinsame rückkehr, ein beruhigender gedanke.

deine tage werden dünner, fransen aus. dir ist egal, ob es tag oder nacht ist, sekunden, minuten, stunden verlaufen auf deiner haut, rinnen als schweiß über stirn und wangen, rinnen den hals hinab, rinnen durch die falten deiner haut, rinnen dir über die geschwollene brust, suchen sich ihren weg zwischen knoten und verhärteten adern, knüpfen ein feuchtes netz, unangenehm ist das, aber du kannst nichts dagegen tun, das morphium zersetzt nicht nur deinen schmerz, es zersetzt auch dein tapfer klopfendes herz. du kommst dem schlaf abhanden, mäanderst willenlos durch die tage, weißt nicht, wohin mit dir, und im gegensatz zu vater fühlst du dich schwer, fühlst den grund, das nasse laken unter dir, egal, wie oft katharine es wechseln lässt. obwohl auch du kaum noch gewicht hast, hinterlässt deine anwesenheit jetzt spuren, mehr als dir lieb ist. katharines namen kannst du kaum noch artikulieren, jemand streicht dir die sprache vom mund, so eine sanfte berührung, du vermutest katharines hand, in manchen momenten bist du dir sicher, dann wenn das morphium nachlässt, schmerz aufblitzt, deine lider aufreißt und die welt sich für einen moment durchzwängt, in dein inneres drängt, ein kurz aufblinkendes jetzt.

das bett kennst du von klein auf. kennst seine größe, seine maße genau. daran ändert sich nichts. auch jetzt. du aber wächst nicht mehr. im gegenteil. die abstände zum rand werden größer. das bett selbst bleibt gleich. von einem raum in den nächsten, von einer dunkelheit in die andere, auch das bleibt. dein bett ist dein raum, ist dein zimmer, dein bett ist immer noch alles. deine tür ist jetzt offen. du nimmst abschied. deinen bevorstehenden tod kabelst du in die welt. als ob du eine postkarte schreiben würdest. an william. voller liebe. *tenderest love*. schreibst, dass du bald gehen wirst, dass es jetzt so weit ist, *farewell*, als ob ihr euch wiedersehen würdet, aber daran glaubst du nicht, an ein leben nach dem tod, an swedenborgs himmel, du glaubst nicht an dich selbst und auch nicht an gott. du glaubst an katharines hände, an ihre stimme, ihren blick, glaubst, dass sie weiter in der welt sein wird, und du mit ihr, als erinnerung, als falte in ihrem kleid, als fleck auf ihrer brille, und dass katharine deine texte verwahren wird, auch daran glaubst du, sie hat es versprochen, sie wird dein schreiben gegen henry und william verteidigen, es auch gegen deren willen an die öffentlichkeit bringen. dein erstes und letztes eigenes buch, dein *first journal*, am anfang war das wort und es wird auch am ende stehen. du glaubst an deine sprache.

dein grund rückt näher. katharine ist bei dir, das ist gut. du hörst ihre stimme. spürst ihre haut. ihre wange, die sie an deine legt. ihre hand. etwas warmes. ruhiges. du kannst dich nicht rühren, kannst nur noch liegen. die augen geschlossen. die arme eng an deinen körper gepresst. die brust verbunden. darunter der krebs. unsichtbar. hin und wieder ein zucken, das aufbäumen deines körpers. kaltes in deinem mund. wasser. und katharine, die es dir einflößt. sorgsam. bei dir bleibt, dich nicht verlässt. dein atem, flach. ihre angst, verborgen. dein ausgehungerter körper, du isst nicht mehr. seit tagen. dämmerst vor dich hin. hörst deine eigene stimme. deutlich. fragst dich, ob katharine die dosis erhöhen kann. jetzt. sodass du endlich gehen kannst. an dein ziel. was für eine verlockung. wie einfach. das morphium erhöhen, sich in den tod betäuben. aber du kannst es nicht. hast diesen mut nicht. die entschlossenheit. du wartest, verharrst bis zum letzten moment. wie vater. konsequent. auch eine form des freien willens. vielleicht. bleibst. noch für ein paar augenblicke. ziehst sie in die länge, überlässt dich der zeit.

die zeit stellst du dir als einen gekrümmten raum vor, gebogen wie eine wimper, gerade groß genug, dass ein lidschlag darin platz findet. und mit jedem schlag verschwimmt dein sichtfeld zu einem lichtstreifen, zu einzelnen schlieren, bevor die welt in dunkelheit versinkt. nicht mehr auftaucht. finit. endlich.

EPILOG

dein tagebuch erscheint posthum. jahrzehnte nach deinem tod. erstmals 1934. katharine bringt es noch auf den weg. tippt all deine seiten. monate, jahre vergehen. sie fertigt kopien an. vier an der zahl. schickt sie an deine brüder, eines behält sie selbst. eine veröffentlichung lehnen william und henry ab. dein tagebuch geht dennoch seinen weg. du wirst zur späten ikone der amerikanischen frauenbewegung. du. alice james.

BIOGRAFISCHES

Marian »Clover« Hooper ADAMS (1843–1885) sprach fließend mehrere Sprachen, Klassiker der griechischen Literatur las sie am liebsten im Original; sie wurde in einem liberalen Haushalt groß, heiratete später den Schriftsteller und Historiker Henry Adams. Henry James bezeichnete sie als *perfekter Voltaire in Petticoats*; Anleihen ihrer Person finden sich u. a. in *Daisy Miller*. Das Fotografieren brachte sich Clover selbst bei; sie zählt zu den ersten Porträt-Fotografinnen: Ihre Bilder sind in der Massachusetts Historical Society archiviert (www.masshist.org).

William Wilberforce BALDWIN (1850–1910) arbeitete als Arzt mit Schwerpunkt Kardiologie in Florenz und schuf sich binnen kurzer Zeit durch empathischen Umgang und aufmerksames Zuhören eine große Fangemeinde: Auf seiner Patientenliste standen neben Constance Fenimore Woolson und der James-Familie u. a. so prominente Namen wie Queen Victoria, Edith Wharton und Mark Twain. Alice James sah in ihm den ersten Arzt, der sie endlich als Mensch untersuchte, Henry James wiederum betrachtete Baldwin als *clever, intelligent and ingenious and remarkable in his way* und flocht seinen Charakter wohl in die Figur des *Dr. Luke Strett* in *Wings of the Dove* ein.

Jean-Martin CHARCOT (1825–1893), Pathologe und Neurologe, wurde nach seiner Promotion als Professor für Pathologische Anatomie an die psychiatrische Klinik am Pariser Hôpital de la Salpêtrière berufen. Als einer der ersten Mediziner benannte er die Hysterie als wahre Krankheit, zur Diagnose und Therapie diente ihm vor allem die Hypnose. Umstritten war seine Methode, seine weiblichen Fallstudien während der Leçons du Mardi öffentlich zu präsentieren: Neben einer sensationslustigen Gemeinde fanden sich u. a. William James und Sigmund Freud im Publikum wieder; letzterer veröffentlichte 1895 mit Joseph Breuer die *Studien über Hysterie*.

Ralph Waldo EMERSON (1803–1882), Philosoph und Autor von Werken wie *Nature*, gehörte zum engeren Bekanntenkreis der James-Familie; als Pate von William war er regelmäßiger und gern gesehener Gast im Haus, sodass das Gästezimmer schließlich in *Mr. Emersons Room* umbenannt wurde. Seine philosophischen Schriften wurden im Haus der James-Familie stark diskutiert; sie übten großen Einfluss auf die Schriften von Henry James Senior und nicht zuletzt auf Williams spätere philosophische Denkansätze aus.

Margaret FULLER (1810–1850), Frauenrechtlerin und Pädagogin, studierte klassische Philosophie und übersetzte Goethe ins Amerikanische. An der Seite von Emerson und Thoreau gründete sie die transzendentale Bewegung mit und schrieb mit *Woman in the Nineteenth Century* (1845) einen Klassiker des Feminismus, der die Gleichberechtigung von Frauen und Männern thematisierte. In Susan Sontags Theaterstück *Alice in Bed* fungiert Fuller als leidenschaftliche Advokatin eines selbstbestimmten Lebens.

Alice Gibbens *HOWE* (1849–1922), die »zweite« Alice James, heiratete William 1878. Ihr Vater, ein Alkoholiker, nahm sich das Leben, sodass sie früh als Lehrerin für ihre jüngeren Schwestern und Mutter sorgen musste. Ähnlich Mary James zeichnete sich Alice Gibbens durch eine pragmatische Lebensweise aus, hielt ihrem Mann den Rücken von Alltagsfragen frei und unterstützte seine Arbeiten als auch seine spiritistische Veranlagung. Im Laufe der Jahre näherten sich die beiden Alices an, wovon zahlreiche Briefwechsel zeugen.

Nathaniel *HAWTHORNE* (1804–1864) gehörte ebenfalls zum festen Bekanntenkreis der James-Familie; mit seiner Geschichte um Ehebrecherin *Hester Prynne* in *The Scarlet Letter* (1850) avancierte er innerhalb kurzer Zeit zu einem der wichtigsten amerikanischen Schriftsteller. Henry James las das Werk schon als Jugendlicher, sein späteres Buch *Hawthorne* über Leben und Werk des Schriftstellers ist laut Hazel Hutchison *die erste ausführliche Studie über einen amerikanischen Autor überhaupt*. Hawthornes eigene puritanische Biografie, moralische Diskurse seiner Zeit und der frühe Verlust des Vaters sind Dreh- und Angelpunkte seiner Kurzgeschichten und Romane.

Henry *JAMES JUNIOR* (1843–1916) schrieb lange Zeit heimlich, ohne dass es jemand in seiner Familie wusste. Von klein auf war Henry genauer Beobachter seines Umfelds, Familienmitglieder, Freunde und Bekanntschaften flocht er später bedenkenlos in seine zahlreichen Kurzgeschichten und Romane mit ein. Von seinen Geschwistern war er Alice am nächsten, umso größer seine Überraschung über ihr *Journal*: *I find in its pages, for instance, many things I heard her say. Nonetheless I have been immensely impressed with the thing as a revelation of a moral and personal picture. It is heroic in its individuality (…).*

Henry JAMES SENIOR (1811–1882) war einer von elf Erben des irischen Selfmade-Man William James, der ein großes Vermögen hinterließ. Für Henry James die Möglichkeit, sich Zeit seines Lebens zu Hause oder in Diskutierklubs ausschließlich philosophischen und pädagogischen Fragen zu widmen, über die er zahlreiche Aufsätze und Bücher wie *The Nature of Evil* (1855), *Substance and Shadow* (1863) oder *The Secret of Swedenborg* (1869) schrieb. William James‘ *The Literary Remains of Henry James* (1885) und Henry James‘ *Notes of a Son and Brother* (1914) zeugen davon, wie groß sein Einfluss auf die eigenen Kinder war.

Garth Wilkinson »Wilky« JAMES (1845–1883), drittes Kind der James-Familie, spielt in den familiären Annalen und Alice’ Tagebuch kaum eine Rolle. Im Gegensatz zu seinen beiden älteren Brüdern entzog er sich bald der Ägide seines Vaters, meldete sich freiwillig als Soldat im Amerikanischen Bürgerkrieg, wurde wenig später schwer verwundet. Als wohl einziges Mitglied der James-Familie waren ihm Bücher von Anfang an verhasst, zum Leidwesen seines Vaters; seine Idee, als Farmer Fuß zu fassen, scheiterte wie etliche andere seiner Geschäftsideen.

Mary Robertson Welsh JAMES (1810–1882) stammte wie ihr späterer Mann Henry James von irischen Vorfahren ab. Von nahezu allen Biografen wird sie als eine pragmatische, zurückhaltende Frau beschrieben, deren einziges Zentrum ihre Familie war. Nach ihrem Tod notierte Henry James in seinem *Notebook*: *She was our life, she was the house, she was the keystone of the arch. She held us all together, and without her we are scattered reeds.*

Robertson »Bob« JAMES (1846–1910), der Jüngste der James-Brüder. Ähnlich seinem Bruder Wilky konnte er wenig mit der intellektuellen Atmosphäre seiner Familie anfangen und zog freiwillig in den Bürgerkrieg. Sein Leben lang blieb er unstet, arbeitete zeitweise bei seinem Bruder Wilky als Farmer, verlor sich in Liebesgeschichten, Hochzeiten und Scheidungen; sorgte später überdies durch alkoholische Eskapaden immer wieder für familiäre Unruhen.

William JAMES (1842–1910), Philosoph, Psychologe und Begründer des philosophischen Pragmatismus, wollte als Kind gern Maler werden; sein Vater aber sah eine Karriere als Wissenschaftler für ihn vor. Ähnlich Henry litt William unter den vielen Orts- und Länderwechseln seiner Kindheit und den hohen Erwartungen seines Vaters; eine labile psychische Konstitution mit depressiven Schüben waren die Folge. Die Publikation seiner großen Standardwerke zur Psychologie wie *The Principles of Psychology* (1890) oder philosophischen Essays wie *The Will to Believe* (1897) erlebte Henry James Senior nicht mehr.

Katharine Peabody LORING (1849–1943) war für Anna Ticknors *Silent University* tätig, als sie Alice James kennenlernte. Im Laufe ihres Lebens stellte die Autodidaktin ihr Wissen zahlreichen Frauen zur Verfügung, arbeitete mehr als 20 Jahre lang für die *Society to Encourage Studies at Home* und war ab 1918 langjährige Präsidentin der *Beverly Historical Society*. Zu Alice' Lebzeiten war sie bereits politisch aktiv, engagierte sich in vielen ehrenamtlichen Organisationen und arbeitete während des Ersten Weltkriegs u. a. für das Rote Kreuz. Katharine Loring unterhielt trotz ihres schlechten Augenlichts ihr Leben lang zahlreiche Briefwechsel, nicht nur mit der James-Familie, sondern auch mit Schriftstellerinnen wie Constance Fenimore Cooper und Edith Wharton.

Elizabeth *PALMER PEABODY* (1804–1894), Reformpädagogin, betrieb einen der ersten englischsprachigen Kindergärten, beeinflusst von den Ideen eines Friedrich Fröbel. Gesellschaftspolitisch stark engagiert, unterhielt sie politische Abendzirkel, eröffnete einen Buchladen und gründete zwei Zeitschriften, in denen sie als erste u. a. den Aufsatz *The Resistance to Civil Government* von Thoreau publizierte. Henry James karikiert sie in *The Bostonians* in der Figur der *Miss Birdseye*.

Frances »Fanny« Morse *ROLLINS* (1850–1925) und Alice James verband eine lebenslange Freundschaft, dokumentiert in zahlreichen Briefen. Fanny Rollins korrespondierte auch mit William, engagierte sich früh auf dem gerade entstandenen Feld der sozialen Arbeit und war 1904 Mitgründerin der *Simmons School of Social Work*, die noch heute existiert.

Emanuel *SWEDENBORG* (1688–1772), ursprünglich Bergbauingenieur, arbeitete zunächst auf dem Gebiet der Naturphilosophie, bevor er sich aufgrund von Engels-Erscheinungen einem okkult-mystischen Denken zuwandte, das eine Vereinfachung des christlichen Weltbildes und eine große Anhängerschaft zur Folge hatte. Seine Schriften, u. a. *Die Himmlischen Geheimnisse* (1749–1756), übten großen Einfluss auf Henry James Senior aus, der sich in *Secrets of Swedenborg* vor allem mit der Frage des Bösen, *the Evil*, auseinandersetzte.

Charles Fayette *TAYLOR* (1827–1899) ging als einer der ersten Mediziner davon aus, dass psychische Erkrankungen auch physische Ursachen haben können. Beeinflusst vom Gründer der schwedischen Heilgymnastik, Per Henrik Ling, entwickelte er ein eigenes System, das er 1861 in *The Theory and Practice of the Movement Cure* skizzierte. Wie viele andere Ärzte seiner Zeit war er der Überzeugung, dass eine zu hohe geistige Stimulierung bei Frauen zu einer körperlichen Beeinträchtigung führe: *While men are calmend, women are excited by the education they receive … the women of our modern civilisation becomes the bundle of nerves which she is. (Emotional Prodigality*, 1879) Alice James verbrachte mehr als sechs Monate in seiner Praxis, ohne dass eine Besserung eingetreten wäre.

Minny *TEMPLE* (1845–1870), Cousine der James-Geschwister, war mit ihrer unangepassten Art schnell Mittelpunkt gesellschaftlicher Ereignisse, nicht nur Henry fühlte sich zu ihr hingezogen; Mary James empfand das Lachen ihrer Nichte als hemmungslos. Entgegen dem Geist ihrer Zeit schnitt sich Minny das Haar selbst kurz und trug es offen zur Schau. Die Parallelen zwischen ihr und der charismatischen *Milly Theale* in *Wings of the Dove* (1902), aber auch zu *Daisy Miller* sind unübersehbar, Henry James verewigte seine Cousine nicht nur als literarische Figur, sondern verarbeitete in seinem Werk auch ihren frühen Tuberkulose-Tod.

William Makepeace THACKERAY (1811–1863), Romancier, setzte der Gesellschaft des viktorianischen Zeitalters wie kaum ein anderer in seinem Bestseller *Jahrmarkt der Eitelkeiten* ein zynisches Denkmal. Angewiesen auf das Schreiben als Broterwerb, wurde er mit seinen satirischen Texten früh bekannt; hin und wieder tauchte er bei den Abendgesellschaften der Familie James auf und verschreckte nicht nur Alice, sondern auch ihre Brüder mit seinen bissigen Bemerkungen, die vor dem jungen Alter und der Scham der Kinder keinen Halt machten.

Henry David THOREAU (1817–1862) wurde mit seinem Erlebnisbericht *Walden. Vom Leben in den Ländern* (1854) schon zu Lebzeiten bekannt; dass er als Sohn eines Bleistiftfabrikanten auch praktisch veranlagt war, stellte er am Waldensee mit dem Bau seiner Hütte unter Beweis. Mit Emerson verband den Philosophen und Vertreter des Transzendentalismus eine tiefe Freundschaft, ähnlich ihm war er gern gesehener Gast im Haus der James-Familie.

Anna Eliot TICKNOR (1823–1896), Pädagogin, gründete 1873 in Boston die *Society to Encourage Studies at Home*, die sogenannte *Silent University*. Mit dem Aufbau von offen zugänglichen Bibliotheken und der Idee, Frauen mittels Korrespondenzen zu unterrichten (*a warm correspondence between woman teacher and woman learner*) ermöglichte sie zahlreichen Frauen den Zugang zu Bildung, der ihnen bis dato verwehrt war.

Catharine WALSH »Aunt Katie« (1812–1889) und Mary Walsh waren schon als Kinder unzertrennlich und blieben es auch nach Marys Hochzeit mit Henry James Senior. Die beiden teilten sich den Haushalt und übernahmen gemeinsam die Erziehung der Kinder; Aunt Katie blieb kinderlos und trat nach einem kurzen Ausflug in die Ehe wieder den Rückzug in die James-Familie an. Alice war sie Adressatin vieler Briefe und Begleitung ihrer Europareisen als auch früherer Klinik-Aufenthalte.

Constance Fenimore WOOLSON (1840–1894), Schriftstellerin und Großnichte von James Fenimore Cooper, etablierte das Genre des amerikanischen Regionalismus und veröffentlichte bereits zu Lebzeiten erfolgreich Romane und Short Stories; ihre Erzählung *Anne* (1882) verkaufte sich zehnmal so gut wie Henry James' *Portrait of a Lady*. Mit Henry James verband sie eine enge Freundschaft: Er widmete ihr ein Kapitel in *Partial Portraits* (1888) und ließ ihre Unabhängigkeit u. a. in die Figur der *Isabel Archer* fließen. 1894 stirbt sie bei einem Sturz aus dem Fenster, die Frage des Freitods ist nach wie vor ungeklärt. Als erste Frau wird sie für die *Hall of Fame* nominiert, die Aufnahme allerdings bleibt ihr verwehrt.

QUELLEN

Linda Anderson (Ed.): Alice James. Her life in letters. Bristol, 1996

Lisa Appignanesi: Mad, Bad and Sad. A History of Women and the Mind Doctors from 1800 to the present. London, 2008

Harriet F. Bergmann: The Silent University. The Society to Encourage Studies at Home, 1873–1897. The New England Quarterly, Vol. 74, No. 3. 2001

Josef Breuer/Sigmund Freud: Studien über Hysterie. Frankfurt am Main, 1991

Elisabeth Bronfen: Das verknotete Subjekt. Hysterie in der Moderne. Berlin, 1998

Elisabeth Bronfen: Nur über ihre Leiche. Tod, Weiblichkeit und Ästhetik. München, 1996

Leon Edel (Ed.): The Diary of Alice James. Northeastern University Press, 1999

Deborah Esch: Alice James and the Right to Death. public.journals.yorku.ca/index.php/public/article/view/31344 (1994)

Anna Golomb Hoffman: Writing Siblings. Alice James and her Brothers. Psychoanalytic Review, 102 (1), 2015

Hazel Hutchison: Henry James. Biografie. Berlin, 2015

William James: The Will to Believe. An Address to the Philosophical Clubs of Yale and Brown Universities. New World, 1896

Bernhard Lang: Himmel und Hölle. Jenseitsglaube von der Antike bis heute. München, 2009

Percy Lubbock (Ed.): The Letters of Henry James. Volume I. British Library, 2013

F. O. Matthiessen: The James Family. Including Selections from the Writings of Henry James, Senior, William, Henry & Alice James. Vintage Books, New York 2008

Luise F. Pusch: Schwestern berühmter Männer. Zwölf biografische Porträts. Frankfurt am Main, 1985

Susan Sontag: Alice im Bett. Frankfurt am Main, 1991

Jean Strouse: Alice James. A Biography. The Life of the Brilliant Younger Sister of William and Henry James. Boston, 1980

Colm Tóibín: Porträt des Meisters in mittleren Jahren. Roman. München, 2004

Ruth Bernard Yeazell: The Death and Letters of Alice James. Boston, 1981

Die Autorin dankt dem Literaturforum Schwaz sowie der Kunststiftung NRW herzlich für die Begleitung und großzügige Förderung des Projekts.

KUNST
STIFTUNG
NRW

Erstausgabe

www.edition-azur.de
Gestaltung: Frauke Wiechmann, Kraft plus Wiechmann, Berlin
Covermotiv basierend auf einer Cyanotypie von Simone Scharbert

ISBN: 978-3-942375-42-9